失恋計画と初恋計画
キミとの恋は、もう失敗しないから
JN072131
月見秋水
Illust. はる雪

晴海光莉

白土の中学時代の同級生で
元カノ。

いざこざやすれ違いから
白土と別れることに
なってしまった。
白土とのアレコレを
妄想しすぎて失敗することも
しばしば。

女性誌を参考に
もう一度振り向かせるための
『失恋計画』を立て、
アプローチをするが……。

秋羽彩葉

白土が初恋をした
一学年上のお姉さん。

中学まではオタク趣味で
地味だった。
白土と距離ができて
しまったため、
高校デビューをして明るい
自分を演出している。

白土を誘惑して、
今度こそちゃんと
付き合おうと『初恋計画』を
立て……。

美月深月

いつも白土の
相談にのってくれる
幼馴染。

男女問わず人気の
陽キャガール。
いつも白土のことを
からかっているが、
実は
本心では……。

「やっぱり好き。
すごく、大好き」

「少しだけなら、
唇を重ねても
いいよね……？」

Contents

失恋計画と初恋計画
キミとの恋は、もう失敗しないから

月見秋水

MF文庫J

口絵・本文イラスト●はる雪

イントロダクション　君との失敗

◆◆【晴海光莉（はるみひかり）・中学二年生　冬の日の回想】◆◆

初恋はいつだって素敵なもので、叶（かな）えばずっと続くものだと思っていた。

例えば恋愛漫画。主人公とヒロインは互いに幼い頃から思い合っていて、その気持ちが通じ合うことが幕引き、終わりになる。

初恋が叶わない作品なんて、殆（ほとん）どない。

だから『私』も、自分の初恋をずっと続けていきたかったけれど。


「ごめん、光莉。俺たちの関係を、終わりにしよう」

中学二年生の冬。クリスマスイブを目前に控えた十二月に、密やかに告げられた。

本当は明日、二人で夜景の見える場所で大切な日を過ごすはずだったけれど。

今は私たち以外に誰も居ない、小さくて静かな公園の中で。

震える声で、辛（つら）そうな顔をして絞り出された彼の言葉に、私は何も返せないままで。

真っ白な雪が私たちの肩を濡らす中、一つの初恋に終わりが訪れる。

小学生の頃からずっと思い続けて、やっと付き合えた彼に言われた言葉。

ほんの少しだけ、最近の私たちは変わってしまっていた。

ほんの少しだけ、暗い将来を予感してしまう瞬間もあった。

決して、どちらが悪いわけじゃないと思うけど。

私には、彼の言葉を拒絶し、前に進める強さは無くて——。

「……うん。分かった。ありがとう、白土君」

こうして私の初恋は、地に落ちる雪の結晶のように呆気なく溶けて消えた。

彼に背中を向けて歩き出す。今だけは、吐いた息が白くて良かったと思う。

私の嘆きも、後悔も、そして未練さえも。

降り続く雪が、全て包み込んでくれるような気がした。


「そう。振られちゃったのね、光莉ちゃん」

初恋が終わって、数日後。

放課後の図書室で、私は年上の友達である秋羽彩葉ちゃんと二人で談笑をしていた。

校則通りの黒髪は艶やかで長く、前髪で右目を少し隠しているのがまた可愛らしい。少し地味な印象もあるけど、男子が彩葉ちゃんの良さに気付かないのがおかしいくらい。

そして彩葉ちゃんは、私にとって恋愛の師匠でもある。互いに悩みを相談して、解決策を見出して、幸せを共有する。それが私たちの関係だ。

「うん……彼の言葉を素直に受け入れたけど、実はすごく未練だらけ。ねえ、彩葉ちゃん。こういう時ってどうすればいいのかなあ？」

別れた理由はきっと私の弱さだ。

本音を言えばまた付き合いたい。初恋である彼と、大切な時間を分け合いたい。

「私も両思いだった初恋の男子に、避けられているから分かるわ。まだ告白もしてないのに……」

「うぇー……彩葉ちゃんの恋愛も、苦戦中なんだね」

「そうね。避けられている理由は分からないけど、出来ればまた仲良くなって……付き合って、出来なかったことをたくさんしたいと思っているの」

誰も居ない図書室で、互いに暗い顔を浮かべて唸り続ける。

石油ストーブがパチパチと燃え続ける音だけが響く中、私はあることに気付く。

「でも、初恋相手ならワンチャンあると思うよ！」

突然の私の言葉に、彩葉ちゃんは綺麗な顔に戸惑いを浮かべる。

私は構わず、彩葉ちゃんに『初恋だからこそありえる展開』を語りまくった。

「昔から知っている女子が美人になったら後悔するし、惚れ直すと思う！」

「それでもう一度恋心が燃え上がって、絶対また仲良くなれる！」

「だって彩葉ちゃん美人だし！　昔の思い出がたくさん蘇って、好きになる！　絶対！」

彩葉ちゃんは私の言葉に圧倒されていたようだけど、私に微笑んでみせた。

「だったら、別れた男にだってワンチャンあると思うわよ」

それはいい加減な慰めでも何でもなく、彩葉ちゃんは確信に満ちた言葉を繰り返す。

「別れを経験したからこそ、独占欲が湧くのよ」

「男女関係はやり直した二回目の方が、絆が強くなる……って女性誌に載っていたし！」

「一度付き合って良さを知っているからこそ、また『続き』を望むはずよ」

私がそうしたように、彩葉ちゃんは説得力のある言葉を怒涛の勢いでぶつけてくる。

そっか、気付かなかった。

私たち恋愛初心者は、現状をマイナスに捉えていたけれど――！

「実はこれって、すっごくチャンスなのかな！」

「そう！　失敗したからこそ、次は躓かないで済むの！　これはアドバンテージね！」

彩葉ちゃんはホワイトボードの前に立ち、そこにペンを滑らせる。

そして大きな文字で『恋愛計画（仮）』と書いてから、私を指差す。

「はい、光莉ちゃん！　一度失恋したあなたが、再び元カレを振り向かせるにはどんな計画を立てればいいと思う？」

私は先ほど、彩葉ちゃんに貰った言葉を思い出してみる。

それと同時に浮かんでくるのは、大好きな白土君との思い出の数々。

二人だけの宝物。他の誰にもあげたくない、唯一無二だから。

「私は……彼を嫉妬させたい。独占欲を爆発させて、やり直しを選んで欲しい。もう一度私を好きだって、夜景の見える場所で告白して、抱きしめて欲しい！　です！」

普段は私語厳禁の図書室。だけど今は私たちしか居ない。二人だけの世界。

だから私は、彩葉ちゃんに宣言する。二人だけの願いを、共有する！

「いいわね、光莉ちゃん。私はね、彼に後悔させたい。初恋を選ばず、素敵な女の子になった私を見て揺れるあの子に、自分から告白して……今度こそ付き合うの！」

想い人である彼に、もう一度告白させて付き合うのが私の恋愛計画。

想い人である彼を、もう二度と離さないようにするのが彩葉ちゃんの恋愛計画。

それぞれちょっとだけ形が違うけど、ゴールは同じだ。

「よし！　じゃあこの恋愛計画に名前を付けましょう！　それぞれルーズリーフに書いて、

同時に発表するっていうのはどう？」

　師匠である彩葉ちゃんはとても楽しそうに、通学鞄から二枚の紙とペンを取り出す。その一組を私に渡してから、スラスラと空白を埋めていく。

「名前、かあ……」

　色々な案が一瞬だけ頭に浮かぶ。けど、名前はもう決めていた。

　ねえ、白土君。本当は今でも大好きだよ。

　この失恋をもう一度やり直す私の身勝手さを、どうか許してください。

「書き終えた？　それじゃあ、一斉に見せ合いましょう。せー、のっ！」

　彩葉ちゃんに促され、私はルーズリーフを彼女に見せた。互いの計画の名前が明かされるその瞬間は、今でも覚えている。

「光莉ちゃんは……〈失恋計画〉かしら？　良いネーミングね！」

「彩葉ちゃんは……〈初恋計画〉だね！　ピュアな感じが可愛い！」

　二人で笑い合って、その紙を交換し合う。どちらかが諦めるとか、悩む時がきても、この紙を見て挫けないようにと。まるでお守りにするかのように。

「名前も決まったことだし、まずは一年かけて自分磨きをしましょう！　私はもうすぐ卒業だから高校二年までに、光莉ちゃんは高校一年までに、良い女にならないとね！」

私たちの外見は良くも悪くも地味すぎる。だからまず、一番簡単に変えられるところから始めよう。内面を鍛えるのは、それからだ！

「ところで……あの、彩葉ちゃん。私、今度のお休みにちょっとお高い美容院に行こうと思っていて、ですね。その……」

恥ずかしくてその先を続けることが出来ない私を見て、師匠は優しく微笑んでくれる。

「ええ。私もそのつもりだったの。でもちょっと勇気が出ないから、一緒に行ってくれない？」

「……うん！　もちろんです、師匠！　二人で地獄に堕ちようね！」

「え？　私たち、美容室で髪型を失敗することが確定しているの……？」

ああ、楽しいな。彩葉ちゃんと一緒に恋愛術を学んで、お洒落をして、互いの恋を応援することの時間が、とても愛おしい。

だけど、思えば私たちの壮大な『計画』は、この時から狂い始めていたのだと思う。

私たちは、知らなかったのだ。

互いに愛する男の子が、同一人物であるということを。

千藤白土君。

彩葉ちゃんの幼馴染で、叶わなかった初恋相手。

私の元カレで、明確に一度終わってしまった失恋相手。

私たちの『計画』はきっと、始まることも、終わることもなかった。

◆◆【千藤白土・中学二年生　冬の日の回想】◆◆

別れの言葉を告げた後では、光莉を追いかけることは出来ず。

俺はその場に立ち尽くして、暗さを増す空の下でずっと俯き続けていた。

頭には白い雪が落ち、溶ける。額から落ちた雫が冷たい。自分の弱さに嫌気が差す。

きっとこれから付き合い続けても、光莉にとって良いことはない。俺たちが付き合う限り、ずっと。

「それが君の選んだ道だろう、白土？」

気付けば、頭に降り続く雪は止んでいた。背後からかけられた高い声と共に、頭上には白い傘が浮かんでいる。

「……なあ、深月。俺は光莉のために、正しい選択を出来たかかな」

どうしてここが分かったのか、何をしにきたのか。聞くのは野暮だろう。

俺の幼馴染は昔からずっと、こういうやつだ。こっちの事情もお構いなしに踏み込んできて、荒らして、だけど悪くない時間を提供してくれる。

俺の言葉に、背後に立つ深月は「さあね」と曖昧な答えを返す。

「白土は人気者だからね。君を愛する女子は多いし、男子からの人望も厚い。だからこそ君と釣り合う女子じゃないと、周囲は祝福ではなく罵声を浴びせるよ」

僻み。妬み。羨望。強すぎる光には、大きい影が伴うもの。

「光莉が……俺の彼女が、俺と釣り合うための努力をしなかったみたいに言うな……っ！　俺を否定するのはいい。だけど、光莉を否定しないでくれ」

「僕が彼女を肯定しても、周りはそうじゃない。慰めの言葉がそんなに欲しいのかな？」

気遣いも、同情も無い現実的な深月の言葉に、俺は何も返せなかった。

「いずれ彼女が周囲の圧に負けてしまっていたと思う。光莉は君とは対等じゃない。だから君は……彼女が傷付く前に、自分に傷を付けて関係を終わらせたわけだろう？」

分かっている。言われなくても。

「別れる必要があったのか、俺の選択が正しいのか……終わったはずなのに、頭の中はグチャグチャなんだ。二人で出来る事は、まだあったのかもしれないって、何度も」

　何度も、何回も、立ち去る背中を見て追いかけようと悩んで。

　それでもこれがただ一つの答えだと言い聞かせて、失恋をしてしまった。

「君は勇気のいる選択をした。それを誇ればいいじゃないか」

「誇れることか？　これが！　努力が足りていれば避けられた結末かもしれない。俺は光莉を守るためだって言い聞かせて、逃げただけかもしれないのに！」

「白土。努力は重ね続ければ実ることが保証されているわけじゃない。それはこの失恋とは別に、『初恋』を失敗した君が、痛いほど理解しているはずじゃない？」

「それは、そうだけど――」

　脳裏に過るのは、光莉ではないもう一人の女の子。

　年上で、ずっと憧れていて、だけど俺の手はその心に届かなかった人。

　あの人と釣り合うために、努力をした。勉強も運動も、流行も何もかも。俺は一番であり続けて、常に人から褒められるような存在であり続けた。

　そして『初恋』は終わり、光莉との『二回目の恋』が始まったのに。

　順調なはずの恋愛は、無関係な周囲の圧力によって壊されてしまった。

「光莉は君の勇気を受け入れた。だからもう二度と、彼女に近付かないことだね。君がフリーになったことを喜ぶ女子は多いし、この一件は風化していくと思うよ」

深月は一向に振り返ろうとしない俺の手に、無理やり傘を握らせた。

それからもう一本用意していた傘を広げて、その場を立ち去ろうとする。

「新しい恋を探しなよ。それが君と彼女の最善策だ。中学生の恋愛なんて、ごっこ遊びだ。一生続かない。一番近くに居てくれる相手を、早く見つければいい」

さくり、さくりと、積もり始めた雪を踏み鳴らしながら深月は去っていく。

俺は貰った傘をその場に放り捨て、鈍色の空をもう一度見上げてみる。

「本当にこれが、光莉を守るための唯一の正解だったのか……？」

だけど俺に出来ることは、無い。

学校で一番人気の男子、千藤白土。

誰かが俺をそう称してくれたことがある。

そんな評価を貰っても、たった一つの『初恋』も、『二回目の恋』も上手くいかないなんて。

「もういいや。全部、やめてしまおう」

明日からは努力をしなくていい。今まで積み上げた物を、守る必要はない。

どれだけ願っても、どれほど足掻いても、欲しい物が手に入らないなら——。

明日から俺は、何も持っていない俺でいい。

こうして二つの失恋を経て、俺の中学時代は大きな区切りを迎えた。
人が変わったかのように暗くなった俺に、寄ってくる同級生は殆ど居なくなった。
好きだった二人の女の子のことを、『好き避け』しながら残りの学校生活を過ごし、波風の立たない日々と受験勉強を終え、進学したけれど。

高校一年生になった俺は、再び二つの失恋と相対することになった——。

プロローグ　ルームスミカへようこそ！

「転勤する、だと……？」

　高校に進学し、二週間が経った。

　仕事が早く終わったついでに迎えに来てくれたある日の放課後に、父が告げた言葉。

　それは仕事の都合で転勤し、一家で地方へと引っ越すという提案だった。

「うん。以前、別の営業所を任されるようになるかもしれないって言っただろう？　その時期が早まってね。白土の大学入学くらいまでは待ちたかったけど、ダメだった」

　ハンドルを握った父は特に後ろめたさも未練も無さそうに、平坦な口調で続ける。

「せっかく入試を終えた後で悪いけど、来月編入するならまだ人間関係だって問題無いだろうし、好きな学校を選んで……」

「そんなことはどうでもいい！」

　思わず父の言葉を遮ってしまい、気まずくなった俺は窓側に顔を背ける。

　本当に周りの人間関係なんて、どうでもいい。だけど二つほど、心残りがある。

　頭の中に浮かぶ二つの失恋と、二つの顔。それはどちらも、俺にとって大切な人だ。

「……引っ越しが嫌な理由があるのかい？」

父は声色を変えることはなかったが、尋ね方は優しかった。

とはいえ、本当のことを言うのは恥ずかしいし、それで引っ越しを諦めてくれるような理由でもない……さて、どうするか。

「都内の大学に通うつもりだったから。高一で進路を決めるのは早いかもしれないけど、推薦を使ってそこに通いたかった」

「そうか。知らなかったよ。父さん、白土とは最近ちゃんと喋れてなかったからさ」

父さんの横顔を窺うが、その言葉の真意は分からなかった。

路肩に車を停めた父は、スマホを取り出して誰かに連絡をし始める。

「なあ、白土。どうしてもこの街を離れたくないか？」

誰かに送ろうとしていたメッセージを打つのをやめて、父さんは俺に聞く。

それに対して強く頷き返すと、父さんは再びスマホに目を向ける。

「お前の従姉の、澄華ちゃんって覚えているか？」

澄華。それは父の妹、つまり俺の叔母である屋敷家の長女の名前だ。

昔は親戚の集まりで会うこともあったが、ここ五年くらいはすっかり顔を見せなくなっていた。不思議なお姉さんだ。

「うん。澄華ちゃん、今何しているの？」

「昨年に大学を卒業して、家業のアパート経営を手伝っているらしい。もし白土が良ければ、澄華ちゃんに住まいを用意してもらおうと思う」

思わぬ提案に驚き、無言になってしまう。どうして父さんはそこまでしてくれるのか。

「……いいの？」

「父さんも若い頃、絶対にやりたいことがあった。だけど親父に反対されて、叶わなかったから。自分の息子に同じ思いはさせたくなくてね」

親だからこそ、息子には自由な選択をさせたい。

そう続けて、父さんは俺の言葉を待つ。

「ありがとう、父さん。色々と迷惑をかけるかもしれないけど、お願いします」

頭を下げた俺に、父さんはその大きな手を置いて乱暴に撫で回してくる。

「任せろ。とはいえ、苦労するのは父さんじゃないし、お前の方が大変だと思うけど」

「え？」

それって、どういう……？　しかし俺が言葉を発するよりも早く、俺のスマホに着信があった。

『やあ、白土。久しぶり』

見知らぬ番号から電話をかけてきたのは、女性だった。

中性的で耳に響く声。五年前に聞いた時から何も変わっていない。

「澄華(すみか)ちゃん……だよね？」

『ああ、お姉ちゃんだ。相変わらず変わらないな、白土(しろと)は。新品の制服が似合っている。後で良かったら二人で写真を撮ってお揃(そろ)いの待ち受けにしよう！』

「いい加減なことを言うな。ビデオ通話じゃないのに」

『さて、私が一度でもいい加減なことを言ったことがあるかな？』

一瞬、声が反響したのかと思った。スマホから流れる音声とは別に、もう一つ同じものが重なっている。幻聴か故障を疑ったけど。

「最強で最高の澄華お姉ちゃんはいつだって、嘘(うそ)は吐(つ)かないよ。白土」

急に助手席のドアが開けられ、外へと引っ張り出された。

そこに立っていたのは、パンツルックのスーツ姿の女性。傍らには真っ黒なバイクがあり、異質な存在感を放っている。

「す、澄華ちゃん……！」

呆気(あっけ)に取られていると、久しぶりに会った親戚のお姉ちゃんは嬉(うれ)しそうに笑う。

「ああ、私だ。相変わらず小さくてキュートだな、白土」

「いや、俺身長はそれなりに高い方だけどな？」

「そういう意味じゃないよ。さて、それじゃあこの未成年を借りていくよ、叔父さん」

声をかけられた父さんは「色付けて返してね」と、中年特有のくだらない返事をする。

え？　どういうこと？　どこに連れて行かれるの、俺？

「色付けて返すのは無理だね。むしろ手を付けてしまうかもしれない」

「高校近くで成人女性が言っちゃいけない台詞を吐いたぞ、この人！　ぐわっ！」

俺が突っ込むと、頭に何やら重い物が降って来た。一応、拳ではないようだ。

「ヘルメットの紐を留めて、私の後ろに乗るといい。二人で楽しいドライブだ」

澄華ちゃんはバイクに跨って、エンジンを吹かす。何だか悔しいが、やけに様になっているその姿に呆気に取られてしまう。

「乗らなくてもいいよ。パパの隣に座っていれば、この街とはお別れ出来る。だけどそれが嫌なら、私の腰にいやらしく手を絡めて抱き着くべきだ」

そう言われてしまったら、俺が取るべき選択は一つしかない。

振り返って、車中で俺のことを見つめている父さんに声をかける。

「行ってきます、父さん」

「行ってらっしゃい、息子よ」

俺はヘルメットを被って、バイクに跨る。

澄華ちゃんの腰に手を回し、振り落とされないようにしっかりと力を込めた。

「よーし、帰りは警察に捕まらないように頑張るぞぉ」

「え。何その不穏な言葉……ぐあっ！」

運転手が絶対言っちゃいけない言葉を呟いて、バイクは速度を上げていく。

振り返る余裕はないけど、父さんの車はもう見えないだろう。

何か今生の別れみたいになっているけど、気のせいだよね？

「ところで、白土。高速で投げ出された時の受け身とかって得意な方か？」

あ、これ死ぬわ。今までありがとう、父さん。


そのまま俺が連れて行かれたのは、住宅街の路地裏にある古びた建物だった。

一見するとアパートだけど、外から見る限り生活感が感じられない。デザインも古い建物でありながら小さいエントランスがあり、中の階段やエレベーターを使って部屋まで行く、洒落た雰囲気を放っていた。

「澄華ちゃん、ここは？」

バイクから降りた俺は、澄華ちゃんにヘルメットを渡して尋ねる。

「ホテルだよ。今から二人で入って、お話をしよう」

「……なんて？」

「大丈夫。お姉さんが優しく導いてあげよう。私が嘘を吐いたことがあるか？　無いだろう？　怖くないからおいで」

「怖い要素しか無い！　あ、ちょ、ちょっと！　まだ流石に俺には……！」

慌てふためく俺を無視して、澄華ちゃんは強引に手を引っ張って中に連れて行く。

そのままエントランスを入ってすぐの部屋に、鍵を差し込んでドアを開ける。

中は普通の部屋で、特に怪しくない。

廊下を抜けた先のリビングらしき部屋で、ようやく俺は解放された。

「ここは管理人室だ。他の部屋よりは少し広いが、構造はほぼ同じ。ここでお客様の対応をすることが、お前の仕事だ。白土」

「管理人室……？　一体、ここはどういう場所なんだ？」

「うん？　叔父さんから聞かされなかったのか。ここは私が経営するアパートメントホテル・スミカだ。澄華ちゃんのスミカ。分かりやすくていいだろう？」

そう言われて、俺は父さんの言葉を思い出す。

今は、家業のアパート経営を手伝っているらしい。なるほど……それがここか。

「とはいえ、今はほぼ休業中だから再開の準備をしないと。白土が来てくれたからな」

澄華ちゃんは小さく笑って、話を続ける。

「実は前々から叔父さんに頼まれていたのさ。白土が引っ越しを嫌がったら、高校卒業まで面倒を見てくれないかって」

「え？　さっきスマホでやりとりしていたのは、それじゃないの？」

「それは最終確認だ。で、私が白土を拾いに来た。アパートメントホテル・スミカの優秀な従業員にするためにね」

「従業員!?」

俺は父が澄華ちゃんに、空いているアパートの一室を貸してくれるように頼んだのかと思っていたが、どうやら違っていたらしい。

唖然としている俺に対し、澄華ちゃんは缶コーヒーを手渡しながら説明してくれた。

「私はここ以外にも管理を任されていて、人手が欲しい。若い男なら大歓迎だ」

「衣食住を提供する代わりに働けってこと？　高校生になったばかりだよ、俺」

「嫌なら、出て行ってもいいよ」

言葉だけ聞くと、突き放すようなものに感じられるだろう。

　だけど澄華ちゃんの顔色は穏やかで、年下である俺を諭すような口調で続けた。

「高校でやりたいことがあるだろう。部活だとか、放課後に青春を謳歌するだとか。だけどここで働けばそれは難しくなる。そうだな……彼女の一人すら、作れないかも？」

　彼女。そう言われて、胸に疼痛が走る。思い浮かぶ顔を振り払うようにして、俺はもう一度しっかり、澄華ちゃんと向き合った。

「働くのは嫌じゃないし、放課後の青春もいらない」

　だけど。心残りがあるからこそ、俺はこの街に残る選択をした。

「高校生としての生活はどうでもよくて、父さんに言った大学云々の件も嘘だ。それでも俺は、この街に居たい……だから俺を雇って欲しい」

　俺の言葉を受け止めて、澄華ちゃんは腕を組みながら真っすぐに見つめ返す。

　それから傍にあったソファに腰を下ろして、口を開いた。

「いいとも。思春期の衝動っていうのは、大人には止められない。だから私は白土の意志を尊重して、どんな理由でも受け入れる。お姉さんだからね」

「澄華ちゃん……！　ありが」

「ただし、一つだけ聞かせてくれ。これから共に働く仲間であり、家族として信頼し合うために」

まだ早いと言わんばかりに、お礼を言おうとする俺を制して澄華ちゃんはその先の言葉を続けた。

「白土。中学時代でお前が経験してきたことと、この街に残ろうとする理由。全てを話してくれ。赤裸々に、全部だ。私に全てを曝け出す。出来るかな？」

半ば脅迫めいた要求だった。まるで全てを見透かしているような。

澄華ちゃんは大人だ。だから俺の駄々が、浅はかなものだって気付いているかもしれない。それでも俺は、その甘えを貫き通したい。

俺がこの街で、あの〈失恋〉にちゃんと終わりを告げられる可能性があるなら。

「分かった。とても楽しい話とは、言えないけど」

「いいとも。楽しくない話でも全力で聞くよ。私は大人で、お姉さんだからね」

「好きだった人がいて、俺はその人に振られたんだ」

ゆっくりと、思い出すようにして俺は過去を振り返る。

この話を誰かにしたことは殆どないし、振り返るだけでも嫌になるけれど。

それでも、ちゃんと全部を話したい。

「最初は俺の勝手な失恋だった。初恋の女の子に、一方的に振られた。小学生の頃からずっと仲良くて、年上のあの人に……ずっと、恋焦がれていた」

好きだった。付き合いたかった。だから努力を続けた。

だけどそれは、ほんの些細な日常の一瞬を見たことで、崩壊してしまう。

「中学二年生の夏。あの人が夕方に教室の隅で、誰かと話しているのを見た。声をかけようと思って、中に入ろうとしたけど」

それは雑談のような、女子同士の会話。男子禁制の聖域に、思わず足を踏み入れて。

耳に飛び込んできた言葉に、気付けば背中を向けていた。

『私、今は男子と付き合う気が無いから』

勝手に妄想をしていた、あの人との色んな未来。

それが一瞬で壊れてしまって、どうにかなってしまいそうだった。

「あの人と俺は、仲が良いつもりだった。中学になってからも一緒に過ごすことが多かったし、プレゼントを贈り合ったりもしたけど……全部、勘違いだった」

それらの行為が、全て異性としての好意からくるものだと自惚れていた。

だから俺は、初恋に蓋をした。終わりにして、それから彼女とは一緒に登下校をすることもなくなって、互いの距離が遠くなって——。

「今まで描いていた夢みたいなものが無くなって、空っぽになった。友達は殆ど俺の変化に気付かなかったみたいだけど、一人だけ……あの子だけは、気付いてくれた」

晴海光莉。少しドジで、地味だけど可愛くて、いつも笑顔で、子供っぽくて。

初恋のあの人とは似ても似つかない女の子だったけど。

「二人で夜中まで電話をしたり、放課後に寄り道をしたり、くだらない話で笑ったり。楽しい時間を積み重ねていくうちに、気付けば告白されていた」

『私、白土君のことが大好きだよ。だから私と、付き合ってください』

「最初は戸惑ったけど、すぐに光莉が本気だって分かった。声を震わせて、緊張で身体を強張らせて……だけど見つめてくるその目は、絶対に逸らしてくれなかったから」

「それで白土は、傷心の中で光莉ちゃんと付き合ったわけだ。なるほど、彼女が居るからこの街から離れたくないとか？」

「違うよ。俺は光莉と付き合った後、彼女を振った」

「ふ……ふっ？　振った!?　ど、どういう経緯で？」

急に澄華ちゃんの目の色が変わる。女性は何歳になっても恋愛話が大好きなのだろう。

俺は溜息を吐いて、二人の結末を語る。

「色々あって、付き合っていくことが出来なくなった。だからクリスマス前に呼び出して、お互いちゃんと理解してきっぱり別れた……つもりだよ」

「なるほど。嘘ばっかりだな、お前は」

吐き捨てられた言葉に、俺は身を竦める。

目の前に座る大人の女性は、先ほどまでの明るい雰囲気を一切失っていた。

「きっぱり別れたなら、そんな悲しそうに過去を振り返らないよ。時間が経った思い出というのは、どれほど汚泥に塗れても美化される。つまり白土は、あれか」


その子に未練があるから、この街に残りたいのか。


核心を突かれて、俺は何も言い返せなくて。

そんな俺を前にして、澄華ちゃんは先を促すことも、話を終わらせることもなかった。

きっとこれは、試されているのだろう。

全部曝け出す。その条件を呑んだ俺が、どこまで本音をぶつけるのかを。

「……本当は二人で、最後にしたかったデートがあるんだ」

それは別れを告げたあの翌日、二人の関係が続いていたらするはずだった、デート。

「二人で待ち合わせをして、好きな店をいつものように巡って、そして最後はどこか夜景の見える場所で……二人の関係をもっと強くするための、デートだった」

「ベタだなあ。この街で夜景が見える場所なんて無いだろうに」

澄華ちゃんは呆れたように笑うが、否定はせずに話の続きを促す。

「俺は別れた後も、好き避けを続けていた。本当にきっぱり関係が終わったなら、普通の友達に戻れたはずなのに。好きで仕方ないから、顔を見るのが辛かったんだ」

だから俺は光莉だけじゃなく、多くの同級生を遠ざけた。

孤立をすれば誰とも関わらずに済む。光莉が俺以外の誰かと喋っているところを見なくて済む。仮に別の男と付き合っても、その事実を知らずに済むから。

「俺は、この街に残りたい。光莉との最後の日をやり直したい。腐ってしまった自分を変えて、もう一度ゼロから二人の関係性をやり直したいんだ！」

今まで閉じ込めていた想いが、言葉となって驚くほどスムーズに飛び出す。

一人で抱え込んで、見ないふりをしていたけれど。

本当は誰かに聞いてもらって、背中を押して欲しかったのかもしれない。

「全く、実に情けない理由だな」

だけど澄華ちゃんは笑う。俺に優しくするわけではなく、呆れながら、楽しそうに。

「でも、ちゃんと白土の言葉が聞けて良かった。私は可愛い従弟が、可愛くない顔をしながらこの街に残るつもりならグーで殴るか、パーで引っぱたくつもりだったからね」

そう言って澄華ちゃんは、右手で小さくチョキを作る。

それは俺を攻撃するためのものではなく、可愛いピースサインだった。

「合格だよ、白土。お前は今日から、このスミカの従業員だ。私は結構厳しいけど、泣いて喚こうがもう実家に帰らせないからな」

澄華ちゃんは俺に手を差し出す。本来なら契約書の一つでも交わすはずだろうけど。

「ありがとう。今日からここを第二の実家に出来るよう、頑張るよ」

俺はその手を取って、固い握手を交わした。

こうして俺は、澄華ちゃんとスミカを管理する事になったのだが——。

「ちなみにここ、経営が芳しくなかったら来年には取り壊すから。頑張ろうな、白土」

「……は？　つまり、スミカの利用者が増えないままだったら」

「うん。一年後にはお前を叔父さんのところに強制送還だな？」

危機的状況の従弟(いとこ)を見ながら、軽快に笑う澄華(すみか)ちゃん。

先ほどまでの頼れるお姉さんはどこへいったのだろう。

「というわけで、スミカ存続の道を共に考えようか！」

簡潔に言うと、良いアイディアは一切浮かばなかった。

それもそのはずだ。俺は高校生になったばかりの世間知らずの男子で、澄華ちゃんは大人だけど経営コンサルタントではない。

思いつく案は稚拙なものばかり。

「学校の近くでチラシを配るのはどうかね、白土(しろと)」

「それ下手したら不審者として通報されるぞ。それより、ここを改装するとか？」

「ふむ。白土が全財産を投資しても、部屋の壁紙を変えられるくらいかな！」

「じゃあ澄華ちゃんがバニースーツを着て客引きするとか」

「いいだろう。ただし白土、お前も道連れだ。二人でバニースーツを着るなら付き合ってあげよう。高校の前で二人並んで羞恥心を捨てて、媚(こ)びたメス声を出そうじゃないか」

「ごめんなさい。やっぱり却下でいいです」

こんな調子で二時間ほど、バカな会話を交わして時間を浪費するだけだった。

完全な手詰まりだ。そもそも高校生にやらせる初仕事がこれか？

「私たち二人では限界だな。流行に敏感な女子高生でもないし」

澄華ちゃんはもう空っぽになった缶コーヒーを咥えながら、そんなことを口にする。

「確かに若者の流行は女子高生が作ることが多いけどね」

「そうだろう？　少し前にタピオカミルクティーが流行った時は驚いたよ。まるで女子高生が泥水に沈んだカエルの卵を必死に啜っているみたいで、その姿に非常に興奮した」

「少し会わない間に、親戚のお姉ちゃんのフェチズムが異常に歪んでしまった」

とはいえ、一理ある。だが俺が頼れる女子高生は深月くらいだ。数少ない男友達を経由すればもう少し増えるだろうが、彼らは他校に進学したし何となく連絡を取り辛い。

「安心するといい。白土に友達が居ないことは叔母さんから聞いているよ。私は悪魔じゃないから、友達が居ない子に友達を呼ばせるなんて、鬼畜な提案はしない」

「俺の母はそんなことまで澄華ちゃんに伝えているのかよ……」

「私の知り合いを経由して、女子高生を一人呼ぼう。ボランティア部に所属している子でね。高校入学直後に部活を作って、自ら部長として頑張っているらしい」

澄華ちゃんはスマホを取り出し、誰かにメッセージを送った。

「ふむ。どうやら一時間くらいで来るそうだ。せっかく友達が増える機会だ、白土。私と会話の練習でもしておくか？　私が女子高生役をやろう」

「その見た目で女子高生は無理でしょ。鏡あっちにあるよ」

「ははは。全く関係ないが、このアパートは私の一族が所有しているので、男子高校生一人を監禁して拷問しても多分バレないと思う。なあ？」

「澄華ちゃん制服似合いそうだよね。可愛いし。女子高生みたいで素敵だと思う。だからビニール紐を片手に近付くのを止めてください」

にじり寄る澄華ちゃんをなだめた後、俺たちはお菓子を食べながら近況を語り合う。

良くも悪くも中身のない雑談だったが、気付けば一時間はあっという間に過ぎて。

突然、テーブルに置いた澄華ちゃんのスマホが振動する。

「お、来たようだ。白土はそこで待っていろ」

そう言って澄華ちゃんは管理人室を出て行き、女子高生を迎えに行った。

しかし女の子か……失恋をした身としては、女子の知り合いを増やしたくないのだが。

とはいえ、今の俺は昔と違う。人気者だったあの頃と比べ、見た目に気を遣うことを止めてしまったし、流行にも疎い。普通の地味な男子高校生だ。

「親密になることはないだろうし、別にいいか」

そう呟くと同時に、管理人室のドアが開いて澄華ちゃんが戻って来る。背後に例の女子高生が立っているようだが、背丈の差で顔がよく見えない。

「喜べ、白土。この子が通っている高校は、どうやらお前と同じらしいぞ。学校で会話する相手が出来たな！」

「だから澄華ちゃん、俺は別にそんな気は……っ！」

言いかけて、俺はその女子の顔を見て絶句してしまった。それは何故か？

その子が可愛かったから？　それも理由の一つだ。

その子が好きなタイプだったから？　これも否定は出来ない。

その子が実は知り合いだったから？　そうだ。顔も名前も、よく知っているからこそ。

俺『たち』は、その場で言葉を交わすことが出来ずに固まってしまっていた。

「ここで働いている高校生の男子って……白土君、だったの？」

澄華ちゃんの横に並んで立つ、明るくて可愛い雰囲気の女子。

中学時代の名残を残しつつ、今風のメイクと制服の着こなしをしていて驚く。

彼女の名は、晴海光莉。

俺の二番目の恋の相手で、たった一人の元カノだった。

「何で光莉が……ここに」

思わず言葉を漏らした俺に対し、光莉は気まずそうに苦笑している。

昔と変わらない、困った時に笑う癖。一瞬で過去が蘇ってくる。

対して俺は今、どんな表情をしているだろう？

笑えているか。平静を装っていられているか。あるいは、それとも。

「何だ、お前たち知り合いか？」

続く沈黙を打破したのは、この場で唯一『大人』である澄華ちゃんだった。

「それなら話が早いな。そこの可愛いお嬢ちゃん、自己紹介をしてくれるかな」

促された光莉は、少しだけ間を置いて俺を見つめる。

昔の恋人と顔を合わせるのは相当な緊張を伴うものじゃないか？

そう思っているのは、俺だけなのだろうか。

「は、晴海光莉です！　高校一年生で、ボランティア部の部長をしています！」

光莉。その名前を聞いた途端、澄華ちゃんは「あっ」と小さく漏らして俺の顔色をこっそりと窺う。やめろ、その察した表情を！

「よろしく。私は屋敷澄華。このアパートメントホテルのオーナーだよ。こっちの根暗系美少年は私の彼氏だ」

「えっ!?　し、白土君？　いつの間にこんな素敵なお姉さんと爛れた関係に……！」

ダメな大人の嘘に騙された光莉は、声を震わせながら俺の返答を待つ。というか、勝手に爛れた関係にしないで欲しい。とても嫌だ。

「あのな、光莉。その人は俺の従姉だぞ」

平静を装う。震えないように言葉を発する。

好きだった子を目の前にしても、何ともないように接しなければ。

「い、従姉とお付き合いするなんて、白土君は大人だ……！」

「妄想癖が激しすぎる！　昔からお前は」

言いかけて、つい過去を掘り返しそうになって口を噤む。

続く言葉を絞り出せないでいると、今度こそ澄華ちゃんが助けてくれた。

「軽い冗談だよ、光莉ちゃん。白土はここで働く住み込みバイトだ。仕事の都合で家族揃って地方へ転居する予定だったのを、こいつが嫌がったからな。流れでこうなった」

「白土君、引っ越す予定だったの？」

光莉(ひかり)に尋ねられて、俺は先ほどの言葉を誤魔化(ごまか)すために早急な返事をする。

「あ、ああ。推薦で都内の大学に通いたくて、父さんに無理を言った。高校卒業まで澄華(すみか)ちゃんにお世話になるつもりだよ」

「そっか！　それなら良かった。せっかく白土(しろと)君と同じ高校に入ったのに、通い始めてすぐに離れ離れだったら寂しいもんね！」

「……ああ、そうだな」

どうやら光莉はもう、すっかり過去は過去として割り切っているようだ。

寂しいというのも、友達が一人減るという寂しさのことだろう。

「そういうわけで、白土の寝床を今後三年間確保するために、光莉ちゃんが呼ばれたわけだ。ボランティアの範疇(はんちゅう)を超えてそうだが、協力をお願い出来るかな？」

話をまとめた澄華ちゃんに、しかし光莉は理解が及んでいないようだ。

「どういうわけですか？　お話、聞かせてもらえると助かります」

ボランティア部の一員としての責務からか、光莉はここから逃げ出すという選択肢を取る事はなかった。

光莉が澄華ちゃんから事情説明を受けている間、俺はスミカの外で状況を思考する。

父から引っ越しを告げられて。

それを断って、澄華ちゃんに雇ってもらって。

このアパートメントホテルの経営難を改善しようとしたら、元カノが来た。

本音を言えば、今すぐにでも逃げ出したかった。昔と変わらないどころか、もっと可愛くなった光莉を見て、心臓が壊れそうだ。

緊張だけが理由じゃない。切なさや後悔みたいなものが一挙に押し寄せてきて、感情もグチャグチャだ。

光莉は、どうして平気なのだろう——？

「……はぁ。ていうか、今日も可愛すぎるだろ！　あの笑顔と声！　そして仕草！　俺と別れてから、日に日に可愛くなっていってないか？　失恋のおかげなのか？」

見ないふりをしていたのに。思えば、ずっと目で追っていた。

気付けば五感全てが光莉を求めていた。同じ教室に居れば、嫌でもそうなるけどさ。

何が『好き避け』だ。気持ちだけはめちゃくちゃ、光莉を追い続けているじゃないか。

「だけど俺は……逃げるわけにはいかない」

自分が光莉と具体的にどうなりたいかは、まだ分からない。二人の関係性をマイナスからゼロにした、その先の未来は不明瞭だけど。

最後をあんな形で終えたことへの後悔だけは、あの日からずっと胸に残っているから。

俺は再び、大好きだった人と向き合いたい。

外から戻ると、澄華ちゃんと光莉は何やら楽しそうに会話をしていた。

その輪に遠慮がちに加わると、気付いた澄華ちゃんが小さく笑い返す。

「説明は大体終わったぞ。さて、白土も戻ってきたことだし、このボロ宿の再生計画でも出し合おうか。うん？　どうした、光莉ちゃん」

何かを言いたげに手を挙げている光莉に、澄華ちゃんはその先を促す。

「さっきから話を聞いていて思ったんですけど、ここってどんなところなんですか？」

「ああ、そうか。君たちにはアパートメントホテルという建物に馴染みがないよな」

そう言って澄華ちゃんは『アパートメントホテル』の概要を教えてくれた。

「ビジネスホテルと違うのは、設備の差が大きいかな。キッチンもあるし、家具や家電が備えつけだから、長期滞在に向いている。ただし、サービスは弱い」

アメニティの提供はほぼない。掃除や洗濯も宿泊者が自ら行う。コンシェルジュやホテルマンのように、サービス業を担うスタッフが居ない……と、澄華ちゃんは大きな違いをいくつか挙げてから、話を進める。

「今風に言うと、ウィークリーマンションとかが近いかな。ホテルが数日単位の滞在だとすると、こっちは数週間以上の長期滞在が主だ」

「この辺りで仕事をする人とか、観光をしたい人には最適っていう感じか？」

「白土の言う通りだ。ただし最近はビジネスホテルも安いし、長期利用プランもある。ここはそういう時代の変化についていけなかった、廃墟(はいきょ)みたいなものだな」

私の両親が経営していた頃は、何故(なぜ)か繁盛していたが。

呟(つぶや)くようにそう付け加えて、澄華ちゃんは話を終えた。

「なるほど。私はてっきり、ここが『ルーム』の一つかと思っていました！」

光莉が口にした単語に、俺と澄華ちゃんは首を傾(かし)げる。

ルーム。部屋？　捉え方次第では確かにその通りだけど。

「私は知っているぞ。今から十年くらい前に、大手ネットカフェチェーンが始めたレンタルスペースサービスのことだろう？」

「そうです！　最初は人気が無かったけど、動画投稿サイトで有名な人が、最初の『ルーム』紹介動画を作成したのをきっかけにバズって、色んなルームが増えましたよね！」

「俗にいう、第一次ルームブームだな。白土は……知らないみたいだな」

その場で唯一、知識が無く無言になっている俺のために、澄華ちゃんはスマホを操作して、『ルーム』の成り立ちと今日までの歴史が書かれたサイトを見せてくれる。

「提供されるテーマや目的に従って遊ぶ空間。それこそ、コンセプトカフェが近いか？」

「概ねその理解で正しいな。だが、過去に『ルーム』を謳ったいかがわしい店や、未成年がルーム内で事件に巻き込まれたこともあって、世に悪印象も植え付けてしまった」

スマホの画面をスワイプしていくと、その事件の詳細と共に、ある団体が設立されたことを知る。

「ああ、なるほど。それでルームの健全化を目指すために、大手チェーンが中心となって、ＪＭＲＡ（日本多目的ルーム協会）っていう業界団体が出来たのか」

「そうだ。その協会に属していないルームはグレーな店として扱われる。加入申請の後に厳正な審査に通りさえすれば、どんな『ルーム』も公認となる」

安心安全で快適な非日常空間。それこそが、ＪＭＲＡが掲げる理想的なルーム。

紹介サイトを締めくくる協会理念を読み終え、俺は澄華ちゃんにスマホを返す。

「意外と歴史があるんだな。それが今になって何で再ブームになっているんだ？」

「ふっふっふ。それはね、白土君！　ＳＮＳのパワーだよ！」

今度は澄華ちゃんの代わりに、光莉が説明をしてくれる。

「去年の一月くらいに、今度はＳＮＳアプリで、インフルエンサーの神ギャルがルーム紹介動画を作って、バズらせたの！　白土君は使ったことない？」

「それはあれか？　ええっと……音楽を流して踊ったり、動画を変な風に加工して投稿する、チクタクみたいな名前の……？」

「そうそう、それ！　まあ、実は私も始めたのは最近だけどね。てへへ」

光莉のＳＮＳか。そういえば付き合っていた頃は、あまりそういうものに興味が無かったはずだ。

あの頃の光莉と、今の光莉。見た目だけじゃなくて、色々なところが変わっている。

哀愁に痛む胸に気付かないふりをしている俺を尻目に、澄華ちゃんが話を締めた。

「その紹介動画も、ＪＭＲＡのプロモーションの一つだったそうだ。一昔前のステルスマーケティングではなく、ダイレクトマーケティングが功を奏した形だ」

流行は若い世代が作る。『ルーム』は若者を動かすのに、充分な魅力があったのだろう。

「若いうちは時間があっても金が無いし、楽しい遊び場を探すのは困難だからな。その辺りをターゲット層にした、新しい娯楽だ。そりゃあ流行(はや)るよ」

「流行るほど魅力的な場所だっていうわけか。なあ、澄華ちゃん。例えばどんな『ルーム』がある？」

「私に聞くな。確かに私はセーラー服を着ても似合い過ぎるくらいには若いが……」

「澄華ちゃんは冗談が得意だよね。あ、ごめんなさい。怖いからチョキを構えて俺の目を潰そうとしないでください」

　助けを求めて光莉の方に視線をやると、俺の元カノはお手本のような苦笑いを浮かべていたけれど、それでも助け舟を出してくれた。

「ええっと、例えばね！　猫カフェならぬ猫になりきるルームとか、後は新作アニメが見放題の企業コラボをしたルームとか、密着系ルームとか！」

「最後のやつは協会から許可が下りているのか……？」

「た、多分？　それ以外にもSNS映えに特化した電飾だらけの空間や、誰でもネット配信が出来るルーム。映画鑑賞に特化した特殊シアターがあるルーム。色々あるよ！」

　新しい遊び場。自分の部屋や慣れた場所とは違う、新鮮な体験を得られる空間。

　行動に制限が伴う十代でも、手軽に非日常を味わえる。確かに、流行る理由も分かる。

「たくさんの『ルーム』があって探すだけでも楽しいし、行動を強制されすぎないのも魅力かな。ルームに何を求めるかは、人それぞれだよ！」

　光莉の言葉を受けて、澄華ちゃんは楽しそうに口元を歪ませる。

「今どきの若者には身近なシェアスペースなのか。ふむ、面白いな」

「そうですよね！　一人でも皆でも楽しめる場所。ただの宿でなくてここをそういう場所に出来たら、とっても素敵だと思います！」

　話が一区切りしたタイミングで、澄華ちゃんは俺の顔を一瞥する。同じ高校生として、俺の意見も聞きたいのだろう。

「あー、まあ……悪くないと思う。普通のアパートメントホテルなら利用料金も高いし、宿泊以外の選択肢が無いとしたら、若い子は寄り付かないだろうし」

「正論だな。それで白土、ちょっと聞きたいことがある。二人で話をしたいのだが、光莉ちゃんはここで待っていてくれるかな？」

　澄華ちゃんに言われ、光莉は困惑しつつも首肯する。

　俺は誘われるがまま部屋の外に出ると、澄華ちゃんはエントランスで話を始めた。

「さて、白土。あれがお前の元カノだな？」

「……そうだけど、まさか知っていて連れてきたわけじゃないよな？」

「酷いなあ。澄華お姉ちゃんがそんな性悪に見えるか？」

　見える。と言ったら怒涛の勢いで殴られそうだから無言で否定しよう。

「光莉の提案は良かったと思う。ここを『ルーム』にして、人を集める。だけどそれ以上は別に手伝ってもらう必要は無いだろうし、ここで協力を打ち切ろう」

「残念だが、私はここの運営に集中出来るほど暇じゃない。さっきも言ったが、両親から他にもアパートの経営と管理をいくつか任されている。不在時の接客要員が必要だ」

「だったら、それは俺に任せればいいじゃないか」

「しかしお前は高校生だ。一年中たった一人で客の面倒を見られるか？　無茶するのはいいが、無理を貫こうとするな」

大人である澄華ちゃんに叱られ、自分の浅はかな提案に嫌気が差す。

いや、本当は無理なことくらい分かっている。

誰かもう一人くらい、仕事を分け合える仲間が居れば大助かりだ。

だけどその相手が元カノなんて。

「お前は今日だけで、とても勇気ある行動を二つ取った」

俯いている俺に、目の前の大人は明朗な声で俺に告げる。

「一つは家族から離れる選択。安寧を選べたのに、お前は過酷な道を選んだ。そしてもう一つは、私に対して心の全てを曝け出したことだ」

それは先ほど、光莉が来る前に澄華ちゃんに語った過去のことだろう。

「好き避けを続けている相手が居て、その子との最後が心残り。だけど未練だけが残るまま、何も出来ずに中学二年の冬から今日までを無為に過ごした」

相手を想い、だけど行動は出来なかった。何が正解か分からなかった。

無為に過ごしたと言われたら否定は出来ないけど、それでも俺はまだ諦めていない。

この胸の中に燻る炎は、強く燃える種火を求めて再燃の時を待っている。

「あの時にお前が語った言葉を、もう一度唱えてみろ」

「……もう一度ゼロから、二人の関係性をやり直したい」

「そうだ。そして改めて聞くよ、白土。ゼロになった後で、お前は何を望む？」

真っすぐに見つめてくる澄華ちゃん。だけど、目は逸らさない。

目を逸らし続けて、ここまでやってきたからこそ。

せめて今だけは、ちゃんと自分の気持ちに真っすぐ向き合いたい。

「……やり直した先に、どんな形を選ぶかは分からない。友達として、とか。復縁をする、とか。明確なゴールがまだ見つかったわけじゃないけど」

今の俺がただ一つ言えるのは、これだけだ。

「光莉ともう一度、普通に話して、笑って、近くに居られる存在になりたい」

「だったら、今の状況は天恵だな。あるいは私が女神か？　悪くない。昔はよく女神だと持てはやされたものだ。ここに光莉ちゃんが来たのは、良いタイミングだったと思う」

澄華ちゃんは管理人室のドアノブに手をかけ、捻る前に俺に問う。

「彼女と一緒に、このスミカを変える気はあるか？　今度は逃げずに、二人で」

答えはもう決まっている。後ろを向いて、過去を嘆くのはもうやめだ。

「どんなことがあっても、俺は前に進むよ。光莉のためにも」

聞き終えて、澄華ちゃんは目の前のドアを思い切り開け放った。

そして大きな歩幅で部屋に入り、ソファに座る光莉の背後に立ったかと思えば、その小さな両肩に手を乗せる。

「白土、光莉ちゃん。お前たちに早速一つ目の仕事を与えよう」


お前ら二人、週末にカップルになってデートをしてこい。


自称女神様の悪魔じみた提案に、俺と光莉は互いに見つめ合う。

そしてすぐに、どちらからともなく顔が最高潮に赤く染まって、ただ絶句する。

声にならない悲鳴を聞いて、澄華ちゃんだけが楽しそうに笑うのだった。


『それで？　君は光莉ちゃんとデートをすることを選んだのかい？』

その日の晩。光莉と共に澄華ちゃんから帰宅を命じられ、実家で両親に対して今までの顛末を話し終えた後、俺は自室で幼馴染の深月に連絡をしていた。

忖度無しで意見をくれる、数少ない友人の一人だ。

というか、こんな状況を男友達に言っても大したアドバイスは貰えなかった。

一応トークアプリのグループで、二人に意見を仰いでみたものの……。

『白土。女子に恥をかかせたら、男が廃るぞ。まあ俺、恋愛経験ゼロだけどな。ははっ』

『千藤君。女の子も勇気を出したんだから、君も勇気を出さないとだね！　えへへ』

この有様である。彼らは彼らで本気で応援をしてくれているのだろう。背中を押してくれる声は嬉しいが、それ以上に容赦なく背中を蹴る奴の意見が欲しかった。

「雇い主から直々に命令されて、それを断れるか？」

溜息交じりに吐き出した言葉に、深月は考える間もなく答える。

『断れるよ。君には僕が居るんだから、僕を選べばいい。そうすればわざわざ失恋相手と一緒にデートなんてする必要はない』

そう。今回のデートは澄華ちゃんが意地悪をした結果ではない。寧ろ逆だ。

一年三か月の間、一切会話をしなかった俺と光莉に、仲良くなって欲しいから。

それに今後同じ職場で過ごす者同士、業務の会話すら出来ないのは非常にまずい。

「澄華ちゃんなりの気遣いだよ。それにしっかり理由もある。他所の『ルーム』を見学して実際に体験してくることで、スミカに新しい風を取り込むためだ」

『なるほど。じゃあ僕がオススメのルームを教えよう。僕たちが通っていた中学校の裏に出来た、素敵なルームだ。内装もお洒落だし、金額も安いよ。地図を送るよ』

「ふむふむ。どう見てもラブホテルです。ありがとうございました」

『僕は使ったことあるけど、建物も新しいし、入り口は外から見えにくいからおすすめ』

「……え？　お、お前が？　使ったことあるのか？」

『どうかな？　そうしたら白土は嫉妬してくれるの？　それなら嘘を続けようかな』

小さく笑う声を聞いて、からかわれていたのだと自覚する。

深月は昔からこうだ。冗談ばかり言って、本音を口にしない。

だけど遠慮が無いからついつい頼ってしまう。互いに下心が無いからだ。

彼女だけは正真正銘、唯一無二の異性の友達だと、胸を張って言える。

『あ、今すごくいやらしい妄想をしていたね？　僕のこのだらしなく育った豊満なボディは、君の頭の中でどうなっているのかな？』

「頭の中でお前のことを高く評価していたのに、自らぶち壊しにきやがった」

『一度くらい、僕らの関係をぶち壊してもいいとは思うけどね。絆っていうのは、一度壊れてから修復した方が強くなるものだよ』

その言葉に、俺は今日のことを思い出してしまう。

スミカから出ていくとき、光莉は少しだけ照れていた。

その顔に浮かぶ色は困惑でも、拒絶でも、悲しみでもなく……まるで、俺とのデートを楽しみにしているかのような喜色に見えた。そんな誤解をしてしまうほどに――。

「……すごく、可愛かった」

『何の話？　僕の顔のこと？　今更そんな当たり前のこと言う必要ある？　ちなみにこの会話は今後のサービス向上のため、録音されています』

「あれ？　俺気付かない間にサポートセンターに電話しちゃった？」

思わず口から漏れた言葉を冗談で誤魔化し、改めて現実と向き合う。

一度は逃げてしまった、光莉との関係。そして今日、逃げ出すのは終わりにした。

この決意を反故にしたら、その時こそ俺は終わってしまうだろう。だから。

「ちゃんと光莉と、デートをしてくるよ。失敗したら笑ってくれ」

ゆっくりと吐き出した言葉は、深月に届いただろうか。腐れ縁の幼馴染が必死に足掻き続ける姿に、どんなエールをくれるだろう？

『笑わないよ。僕は君にとっての唯一無二だし、君は僕にとってかけがえのない存在だからさ。だけど失敗することを心から祈っているよ、白土。君の不幸は蜜の味がする』

「前半と後半で急に人格入れ替わった？　まあいいや……あの、さ。深月。色々聞いてくれて、ありがとう」

『いいよ。これからも僕に感謝してね。僕のおかげで今の君があるんだから。それじゃあ白土、またね』

　別れの言葉を交わして、俺たちは通話を終えた。

「俺は光莉ともう一度、親密になれるかな？」

机に置かれたカレンダーを見て、週末まであと何日なのかを確認する。

別れたあの日から、長い時間を過ごしてきた。

カレンダーを捲って、破って、捨てて……時間が進めば進むほど、過去に戻りたい日が積み重なっていって。

日々強くなる思いを、どうにかして捨てたかった。だけど意図して忘れようとするほどに、大切な元カノを意識してしまう。矛盾を抱いたまま、今日まで来たけど。

「今度の週末くらいは、少しだけあの日に戻れるかもしれないけど」

別れを選択して、自ら作り上げてしまった罪。

許されるにはまだ早いだろうか。

光莉とのマイナスをゼロに戻すには、時間も言葉も足りないだろうか。

「だけど俺は、前に進まないといけない。あの選択をした弱い自分を、変えるためにも」

当日は少しでも光莉に楽しんでもらえるように、準備をしよう。

付き合っていた頃にたくさん分けてもらった、光莉の「好き」を思い出して。

手は繋げなくても、もう一度同じ歩幅で光莉と歩きたい。

◆◆【晴海光莉・スミカ退出後】◆◆

怖いくらいに胸が高鳴っている。

歩けば歩くほどに、心臓のリズムが高く跳ねているのが分かって、私はどうしようもない鼓動を紛らわせたくて、走り出す。

呼吸はリズムを忘れ、血流は加速する。そして思いすらも、自宅に近付けば近づくほど自覚出来るくらいに酷く、激しく揺れ動いて。

ようやく辿り着いた我が家。玄関を開けて、私は靴を乱暴に脱ぎ捨てて自室へ続く階段を上ろうとして、脚がもつれて転びそうになる。

「お帰り、光莉。ケーキあるけど食べる？」

母がリビングからかけてきた声に「夜に食べる！」と返してから駆け上がる。

大好きなケーキがあったら、いつもならすぐにでも飛びついたと思う。

だけど今は、そんなこと出来るわけがなかった。

「……しろと、くん。白土君、白土くんっ！」

部屋の扉を閉めてから、大好きな彼の名前を何度も叫んだ。

着替えもせずにそのままベッドに倒れ込んで、お気に入りの丸い枕に顔を埋める。

真っ暗な視界の中、浮かんでくるのは白土君の顔。とても優しくて格好良くて、昔と何も変わっていない……ううん、ちょっとだけ寂しそうだった。

「お話、出来た。目の前に座って、顔を見つめることが出来た。それに、デートの約束まで澄華さんに取り付けてもらって……うわあ。うわー！　やばーい！　わーい！」

恥ずかしさで悶える。赤くなった顔、見られちゃったかな？

白土君は私と二人で出かけること、どう思っているのだろう？

何も感じなかったかな？　他に大切な人が出来ていないよね？　深月ちゃんとは未だに仲良しで、連絡を取っているのかな？　何より――。

「私のこと、どんな風に思ってくれているのかなぁ……？」

聞きたい。白土君と二人きりになって、真っすぐに目を見てお話ししたいよ。

抱きしめて欲しい。名前を呼んで、頭を撫でて欲しい。

もう一度、好きだって言って欲しいよ。

「……だけど、それはまだダメ、だよね」

弱かった私は、白土君から逃げた。

彼に別れの言葉を言わせてしまって、それを甘んじて受け入れてしまった。

全部私の罪だから。私の〈失恋計画〉を完遂するまでは——。

「私はまだ、あなたに甘えられないよね」

変わった私を見て、白土君にはいっぱい嫉妬して欲しい。

私への気持ちを思い出して、たくさん悩んで欲しい。

「あのね、白土君。私は変わったよ！　あなたのために、お洒落（しゃれ）も勉強した。自分を変えるために色んな経験もした。弱い私とは、もうさよなら……したから」

今度は逃げないで、あなたと向き合える強さを手に入れたから。

「光莉（ひかり）。俺と付き合ってくれ。今度はもうお前のことを離さないから！　みたいな？　え、えへへー！　はあ……私、一人で何やっているんだろう」

空想の白土君に告白されて、虚（むな）しくなっている一方で。

部屋の姿見に映っている私は、みっともないくらい顔を真っ赤にしていた。

「あ、そうだ！　デート用の服を探さないと！　白土君が好きそうな服、たくさん買い集めたし、ちゃんとコーデしないとだ！」

　ベッドから飛び降りて、クローゼットを漁って、ある物を見つける。

「わぁ……！　そういえばこれ、初デートの時に着た服だっけ」

　付き合っている頃に褒めてくれた服を手に取って、あの頃を懐古する。

　春秋用の白いニットセーター。その裾には、少しだけ薄い茶色のシミがある。

「白土君の前で欲張ってトリプルのチョコアイスを食べて、零しちゃったやつだ！」

　隣にあるピンクのフリルスカート。こっちは殆ど着なかったな。

「これはちょっとミニすぎて、白土君が心配そうに見ていたからお蔵入りしちゃったやつ。このパーカーは白土君と選んで買ったやつ。こっちのお洒落メガネは白土君と……」

　ああ、いっぱいある。

　私が白土君から貰った思い出。こんなにあったなんて、今更気付く。

　別れてからはなるべく思い出さないようにしていたから。

「……やっぱり私、白土君が大好きだ」

　ニットセーターに顔を擦りつけて、匂いを嗅ぐ。私を抱きしめてくれた、白土君の匂いが残っている気がして。だけど今は、柔軟剤の香りだけが香る。

「私の描く『もう一度』を、白土君と共有出来たら」

それはあの頃には出来たこと。今はもう出来なくなってしまったこと。

「よし！　今日はカップル動画を朝まで見て、いっぱい妄想しよう！　高校生カップルの動画とか探そうかな。お部屋デート系も捗る、捗るー！」

クローゼットからいくつか候補の服を取り出して、私はスマホを片手にベッドに寝転がった。

ああ、週末が遠いなあ。時間を早送りする魔法が欲しい。

早くあなたに会いたいよ、白土君。

◆◆【千藤白土・デート当日】◆◆

「緊張しすぎて吐きそう」

週末。家を出た俺は、バスを使って駅前へと向かった。他に利用者の居ない車中、最後列の隅っこで思わず心情が漏れる。

今日まではあっという間だった。家族が引っ越すことに伴い、実家で掃除や私物の整理をしつつ、澄華ちゃんとの今後の話し合いなどに忙殺されていた。

おかげで前の晩まで考える余裕も無かった。あるいは、考えないようにしていたのかもしれないが。

「……さて、光莉（ひかり）はもう来ているかな」

駅前に到着し、バスから降りた俺は待ち合わせ場所で光莉の姿を探す。

付き合っていた頃は、近くの時計台の下で待ち合わせることが多かったっけ。

何となくその方向に目をやるが、光莉らしき姿はない。

「デートの日時は澄華ちゃんが強制的に決めてくれたから、知らないはずがないだろうけど、スマホにメッセージでも入れてみるか？」

トークアプリを開いて、だけどすぐに光莉の名前をタップすることは出来なかった。

思えば別れて以来、光莉と連絡を取ったことがなかった。そんなブランクがあるというのに、急にメッセージを送っていいのだろうか？

「最後のトークは、これか」

それは別れの直前、待ち合わせ場所を決めた時のやりとりだった。

終わらせるための待ち合わせ。それが今日は、別の何かを始めるための待ち合わせに変わっている。

ほんの少しだけでも、前に進めている証拠かな。

「わっ！」

「ぎゃあ！」

物思いに耽っていたら、耳元で女の子の声が響いた。

こんなタチの悪い悪戯をするのは深月くらいだろう。偶然出くわしたか？

眉を顰めながら振り返ると、そこに居たのは——。

「ご、ごめんね、白土君！　驚かせちゃった？」

光莉だった。いつもと雰囲気は一緒だが、服装が制服じゃないから新鮮に見える。

白いニットセーターの上に重ねた薄手のピンクカーディガンと、膝丈ほどの花柄のスカートがよく似合う。

「あ、ああ。驚いたけど大丈夫だ」

「ふふっ。それなら良かった！　白土君は今日もお洒落さんですね？」

そう言って光莉は俺の全身コーデを観察する。

残念ながら俺は白シャツに黒のテーラードジャケット、紺のスキニーというセットアップを丸ごと購入しただけのコーデなので、お洒落ではない。

でもわざわざ新調したことと、値段がそれなりに張ったのは内緒だ。

「ありがとう。えっと……その、光莉は」

つい言葉に詰まる。昔だったら毎回、会う度に服を褒めていた。

だけど今の関係性で軽々しく光莉を褒めるのは、何だか違う気がしてしまう。

世界一可愛いよ、ってベタ褒めして、赤らむ顔を見たいけど。

でもそれは……今の俺たちの関係性では出来ないことだから。

笑みを浮かべながら言葉を待つ光莉に、俺は話を逸らすようにして尋ねた。

「どこに行きたい？　澄華ちゃんから予算は結構貰ったし、目ぼしい『ルーム』の場所も教えてもらったけど」

そんな俺の言葉に、光莉は一瞬だけ迷いを見せたけど。

「そうだね。今日は澄華さんからお仕事を頼まれているわけだし、しっかりやり遂げないといけないよね！　ちなみに私、行きたいルームがあるのです！　こっち！」

楽しそうな声音で、俺の二歩先を行く光莉。

俺たちの今日の距離感は、今きっとこれくらいで大丈夫だ。


「私が行きたかったのは、このすぐ近くにある新しいルームなの」

光莉の提案で向かった先は、駅から徒歩数分ほどのところにある店舗ビルだった。

五階程度の低層ビルで、各フロアに色々なお店が入っている、普通のビルだ。

「こんなところにルームが出来たのか」

このビルの前は何度か通ったことがある。

近くには飲食店やセレクトショップも多く、駅近のため活気に満ちている区画だ。

「うん！　元々はネットカフェがたくさん入っていたビルだったけど、今はどのチェーンもルームを運営しているの。別名、ルームビル！」

なるほど。運営形態を変えるだけならコストも安いし、ネットカフェ同士で客を奪い合うより、それぞれ個性を持つルームなら、競争の激化も避けられるからだろう。

「私が注目していたのは五階のルームだよ。この中でも特に人気のルームなの！」

光莉はとても楽しそうに一階店舗横のエレベーターに乗り込む。

「新鮮な体験か。調べた限り、ルームは割とコンセプトカフェに近いものが多いよな」

エレベーターの上昇を待つ中、俺は光莉とルーム事情を語り合う。

「そうだね。違うのは飲食スペースじゃなくて、遊びの場であることかな？　お洒落な空間もあるし、カオスな空間もあるから、どんな人でも自分に合った場所があるかもね」

例えば西洋風の騎士になりきって、友達と剣戟や騎士の生活を体験するとか。

アニメや漫画とコラボしたルームなら、その世界観を再現した部屋で作中のモブキャラとして過ごすとか。単純に作品鑑賞が出来るとか。

性別を入れ替えて、本気で異性になりきって遊ぶ場所とか……。

とにかく『何でもありの空間』が多かった。大喜利状態と言っても過言ではなく、今の高校生や大学生はルームで撮った写真や動画をSNSに上げるのが楽しみらしい。

「そんな中で私が選んだルームは、こちらです！」

エレベーターが開いた先にあった『ルーム』は、また特異なものだった。

「えっと、『フォーチュンカプセル』か……どんな空間だ？」

入り口に飾られていた看板からは、概要が掴めない。

戸惑っている俺を尻目に、光莉は店の扉を開ける。

「入れば分かるよ！　それじゃあ白土君、今日は私と非日常の運命を楽しもうね！」

俺からすれば、光莉とまた二人でデートをしていることが非日常そのものだけど。

なんてことは口にせず、二人で並んで中に入る。

「いらっしゃいませ。当店のご利用は初めてですか？」

中に入ると、クラシカルなメイド服に身を包んだ女性が居た。

髪色こそ目を引く銀髪だが、顔や雰囲気はかなり若く、綺麗だった。俺たちとそこまで年齢が変わらないかもしれない。

「初めてです！　二人です！　光莉ちゃんと白土君です！」

光莉は元気よく応答している。名前はいらなくない？

しかしメイドさんはオーダーシートのようなものに何やら記入をしているようで、どうやらこの店では名前も含め、必須の情報らしい。

「光莉様と白土様ですね。プランはどうなさいますか？　男女二名であれば、『ずっと大好きお兄ちゃんプラン』や、『お姉ちゃんに死ぬほど甘えたいプラン』がオススメですが」

「なんて？」

謎のプラン名に耳を疑っていると、メイドさんが説明をしてくれた。

「このフォーチュンルームでは、入店時に互いの関係……運命を捻じ曲げることが出来ます。友達同士でも血の繋がった関係になれますし、普段と違う間柄になれるわけです」

「……それがこの『ルーム』の特色、ですか？」

「はい。日常では絶対出来ないことをすることで、人間関係に思わぬ化学反応が起きるものです。動画サイトでもフォーチュンルームは大好評ですよ？」

そう言ってメイドさんは手元のタブレット端末を操作して、動画サイトの再生リストを見せてくれた。

そこには『彼女を妹にしてみた』とか『片思いのあの子と恋人になれる空間！』といったようなタイトルの動画が並んでいる。どれも再生数が何十万回もあるくらいだ。

「なるほど。ルームが流行る理由がよく分かった。その場所で強要されたシチュエーションや関係に忠実になるだけで、変わった体験を得られるからか」

「そうですね。ちなみにお二人が恋人同士でないのであれば、『糖度百パーセント！甘々恋人プラン』などもオススメですよ」

恋人。その単語を聞いて思わず身構える。光莉の横顔を窺うが、顔を赤らめて沈黙してしまっている。仕方ない。俺がプランを選ぶことにしよう。

「ええっと、じゃあ……お兄ちゃんプランでいいか？　光莉？」

「え？　あ、うん！　それでいいと思うよ！」

「はい。『ずっと大好きお兄ちゃんプラン』ですね」

わざわざ言い直す必要あります？　と思ったが、俺たちはメイドさんの案内を待つ。

「それではお部屋は奥の二番ルームでどうぞ。あなたたちの運命がどうか導かれんことを。フォーチュン」

メイドさんは最後に呪文か何かを唱えて、俺たちに頭を下げる。フォーチュン。

二人でそのまま案内された部屋に入ると、そこは至って普通の空間だった。カラオケのパーティルームのような。ただし決定的に違うのは……。

「ガチャガチャの機械が置いてあるな」

部屋の中央に置かれたテーブルの上に、ミニサイズのマシンが置いてあった。

「うん。専用コインで回せるガチャなんだけど、この中に二人がやることが書いてあるらしいよ。そのお題や指示に従って過ごすのが、このルームの第二の特色！」

光莉はそう言って、早速コインを入れてハンドルを回す。懐かしい後ろ姿だ。

昔デートしていた時も、光莉はガチャガチャを見つけると熱心に眺めていたっけ。

「光莉はガチャガチャが好きだったよな」

俺がそう言うと、光莉はカプセルを取り出しながら照れたように笑う。

「え、えへへー。もう高校生なのに子供っぽいかな？」

「いや、俺もガチャは好きだよ。だからこのルームも結構好きだ」

「良かったー！　白土君とならどのルームも楽しめると思ったけど、私の趣味全開だから引かれちゃうかと思っていたの」

「いや、確かに驚いたけど……それに光莉、どうしてプランを選ぶ時に」

「あ、あー!?　カプセルの中から紙が入っていたよ、白土君！　すごいねぇ！」

はぐらかされた。光莉は慌ててカプセルから折りたたまれた三角の紙を取り出し、書かれているメッセージを俺に読ませてくれた。

「えっと……二人で手を繋いで楽しく五分間お喋り」

「ただし、恋人繋ぎに限る」

俺と光莉は互いに顔を見合わせ、沈黙してしまう。恋人プランの名に恥じず、中々に甘い指令だ。

「これは流石（さすが）に、な？」

「……出来るよ」

俺が紙を折りたたもうとすると、光莉が小さな声で何かを呟（つぶや）いた。

「今の私たちは、ただの兄妹（きょうだい）だから。お兄ちゃんと手を繋ぐことくらい、出来るもん！」

横に座る光莉は、そう言って俺の右手に左手を何度かくっつけようとする。

だけど決定的な接触は無い、近付けては遠ざけるを何度も繰り返す。

「光莉。じゃあ……い、いいのか？」

「や、優しくしてね？　私、緊張しているから……う、上手（うま）く出来なかったらごめん」

あれ？　これ手を繋ぐだけだよね？　もっと激しいことをするわけじゃないよね？

ああ、もう。付き合っていた頃は普通に出来たことなのに！

どうして別れた後は、こんな簡単なことにも怯（おび）えてしまうのだろう？

「……っ。白土、君」

それでもゆっくりと手を繋ぎ、指を絡ませると光莉が俺の名を呼ぶ。

だけどそこから先は何も無い。

指示されたお喋りも、見つめ合うことも、当然その先をすることもなく。

永遠にも感じられた五分が過ぎ、俺たちは手を離す。

「よ、よし。次のカプセルを出そうか」

「そ、そうだね！　白土君が回してもいいよ！」

何事もないふりをして、俺はガチャガチャを急いで回す。部屋中に漂う甘くも気まずい空気を早く入れ替えてしまいたい。

「次の指示は……男の子から女の子の頬に、軽いキス」

これは無理。これは無理。これは無理だ！

流石に光莉だってやりたくないだろう。だって俺たちは、あくまで元恋人同士だ。

あの頃ですら出来なかったことを、今の俺たちに出来るわけが——。

「白土君。私と、したい……の？」

顔だけじゃない。全身を真っ赤にしているのに、それでも光莉は照れを隠すように口元を手で覆う。

いいのだろうか。俺たちは元々付き合っていたわけだし。

だから別れた今でも、手を繋いで、笑い合って、頬にキスをするくらいなら……？

一体どれだけの男女が、この『ルーム』でそんな一線を越えたのだろうか。

あれ？　待てよ。でもこのルームって……？

「し、白土君となら私は別に」

「光莉。いいか？」

何かを言い出しそうだった光莉の言葉を遮ると、彼女の小さな身体が僅かに跳ねる。

思いっきり目を瞑って、何かの衝撃に備えているような光莉に対して、俺は。

「これ、『ずっと大好きお兄ちゃんプラン』だよな？　普通の兄妹は、頬にキスをしないと思うぞ」

「えあ？」

俺の言葉に光莉は変な声を出して、今度は逆に目を見開いた。忙しい顔だな。

それから小さく溜息を吐いた後で、光莉は困ったように笑いながら口を開く。

「そ、そっか！　そうだよね！　兄妹だとキス出来ないね！　あー、良かった！　私が白土君の妹じゃなくて、本当に……良かった！」

「え？」

「あ、澄華さんから電話があったみたい。外でかけ直してくるね！」

そう言って光莉は足早に部屋を出て行った。

少し早いけどここのルームの偵察も出来たし、会計を済ませて次の場所に行こう。

それにしても……。

「白土君の妹じゃなくて良かったって、どういうことだ？」

少なくともこの『ルーム』では、俺と光莉は兄妹となっている。

だから「妹じゃなくて良かった」というのは、現実での話だ。

そしてその言葉の前の「兄妹だとキスが出来ない」、という発言。

ここでの役柄や色んなことが混ざって混乱していたのだろうけど。

「つまり、光莉は……俺と？」

浮かんできた自惚れを吹き飛ばすように頭を大きく振って、会計へ向かった。


「あ、白土君！　フォーチュンルームはもういいの？」

店の外で光莉と合流し、俺は小さく頷き返す。

「ああ。大体分かったから次に行こう。それより澄華ちゃんは何だって？」

「えっと、一つ行って欲しい場所があるらしくて。そのルームは割と不思議な空間らしいから、ここと違って参考にはならないかもしれないけど、だって」

「確かにここは参考になったな。ある程度安価で真似出来そうだし、他の変なルームと違って、普通に分かりやすかった」

色々と刺激的な体験が出来た、フォーチュンルームを後にして、俺たちは次の『ルーム』へと向かった。

そこから歩く事十分程度、俺たちの間に一切の会話は無かった。やっぱりさっきの返事は失敗だったのかもしれない。

続いて向かったのは、マンション内にあるというルームだった。その一室で運営をしているらしい。

「随分と思い切ったオーナーだな」

目的のフロアが二階ということもあり、俺と光莉は階段で目当てのルームへ向かう。

その最中、俺が漏らした呟きに、ようやく光莉が反応してくれた。

「澄華さんの話だと、このルームは先週出来たみたいだね」

そう言いながら光莉は階段を上がってすぐの部屋の前で、インターホンを押す。

ドアには金色の刺繍のような飾りつけと、『ナイトレイド』と書かれた木製のプレートとＪＭＲＡ公認のシールが貼りつけられている。中学生の俺なら大興奮しそうな格好良さだ。

「くくく。宵闇を求める者よ、入り給え」

わざとらしくゆっくりとドアを開けてくれたのは、五十代くらいの男性だった。

綺麗に染めた銀髪をオールバックにし、口元には胡散臭いヒゲを蓄え、グレーのスーツを身にまとっている。中二病にしてはやってくるのが遅すぎない？

中に入って廊下を抜け、リビングらしき場所に出るとそこは黒を基調とした空間で、小物や家具全てが真っ黒だった。色鬼だったら初手で負けるだろ、これ。

「貴殿らにはこの隣の部屋にある、漆黒世界（ダークラビリンスオブナイトメアシャドウ）に入っていただく」

「なんて？」

つい聞き返すと、中年男性はわざとらしく咳払いをする。ごめんね、聞き取れなくて。

「えっと、当店のご利用は初めてですか？」

「そこは最後までキャラを演じ切ってくれよ」

思わず突っ込むが、男性は特に気にした様子もなく丁寧に続ける。

「うちは闇と夜をテーマにしたルームでして。あの部屋の中で会話をするのが基本的な使い方ですね。利用は十五分刻みです」

「なるほど……光莉、どれくらいがいい？」

光莉は料金プランなどを見つめながら、しばし思考する。

「じゃあ……三十分、くらい？　延長とかは出来ますか？」

「延長は終了時間から最大で三十分までですね」

男性は手元のタブレットを確認してから光莉に告げる。横目で画面を見たが、今日は営業終了まで結構な予約が入っているらしい。人気のルームだな。

「分かりました。じゃあ三十分でお願いします！」

「くく。承知した。貴殿らは今から闇に包まれ、同化する。故にスマホなどの光源になりそうなものは、入ってすぐにある金庫にしまってくださいね」

お前は本来の人格をしまえよ。そう言いたい気持ちを抑え、中に入る。

外からは分からなかったが、部屋には更にもう一つの部屋があった。所謂、防音室というやつだ。この中で何をさせられるのだろう？

「白土君、スマホはここだよ！」

光莉に促され、俺たちは防音室前に置かれた金庫にスマホを入れておく。それから防音室内に入ると、そこもやはり黒基調の空間だった。

「ソファが一つ、あるだけだな」

中央にはソファが一つ置かれていた。何の変哲もない場所だ。

しかしソファに座った瞬間、防音室内の照明が消え失せる。

「うわっ！　な、なんだ？　光莉、大丈夫か？」

「白土君が消えちゃった！　ど、どこに居るの？　あ！　隣だ！」

俺たちが困惑していると、どこからともなく機械的な声が響き始める。

『ようこそ、漆黒世界へ。ここは一切の光無き、暗黒の空間。貴殿らはこれから三十分ほど、ここで待機してもらう。どう過ごすかは、お任せするとしよう。くくく……』

漆黒おじさんはそれだけ言うと、それきり何も言葉を発しなかった。スピーカーのホワイトノイズも無い辺り、ここからは本当に不干渉なのだろう。

「どう過ごせばいいんだ、これ」

とりあえず光莉と向き合っているものの、目が慣れそうにない。

恐らく壁に特別な遮光塗料などを塗っているのだろう。何より外部から一切の明かりが入らないように徹底されている。これを三十分か……。

「光莉、大丈夫か？」

思い出す。そういえば光莉は暗い場所がとても苦手だった。昔デートした帰り、街灯が少ない道では終始怯えながら俺にくっついていた。

だけど今の俺たちは、離れてしまった関係だ。何もしてあげられない。

「だ、大丈夫……じゃない、かも。こんなに真っ暗だと、白土君の顔も見られないから、まるで世界に一人きりみたいで、怖い」

その声はとても震えていて、闇の中でもその顔が想像付く。

隣に座っている女子が怯えていて、それが元カノだから何もしない？

バカか、俺は。元カノだからこそ、彼女をよく知る俺だからこそ、してあげられることをしないと――。

俺は死ぬまでずっと、あの日のような後悔を続けるだけだ。

「光莉。手を握るぞ」

ゆっくりと左隣に手を伸ばし、文字通り手探りで光莉を探す。

すぐに光莉の右手を見つけて、俺はその小さな手を握りしめる。

フォーチュンカプセルの時とは違う。誰かの介入のない、自分の意志で。

「し、白土君……！」

光莉の手はやっぱり震えていて、心なしか緊張で汗ばんでいる。

あるいは俺の汗かもしれないけど、別にそれは何だってかまわない。

「嫌だったか？」

「ううん……嫌じゃない、よ。白土君が心配してくれて、とても嬉しい」

細い指に力が入り、俺たちはどちらからともなく握り返す。俺が力を入れれば、光莉もそれに応えてくれて。闇の中、温もりを頼りに確かなコミュニケーションを交わす。

「ねえ、白土君。何だか不思議な感じだね。中学二年の冬からずっとお話もしなかったのに、こうやって手を握っているの」

「そうだな。暗闇だからいいけど、実は割とすごい顔をしている」

「ええっ！　そ、それは私と手を繋ぐのが嫌すぎて、苦渋の表情を浮かべているとか？」

「苦渋の表情を浮かべる奴が、自分から手を絡ませるか？　多分だけど……いや、これはやめておこう」

言いかけた言葉を飲み込んだのが気に入らなかったのか、光莉はわざとらしく俺の手を強く握ってから異議を唱える。

「それは言って欲しいよー！　もし黙っているなら、この暗闇に乗じて凄いことをしちゃうからね？」

「た、例えばそれはどんなことだ？」

「白土君の財布からお金を盗む」

「想像と真逆すぎて怖い」

「えへへ。嘘だよー。ちなみに今、白土君はどんな想像をしていたの？　えっち系？」

これも声だけで分かる。今の光莉は、かなり意地の悪い顔をしているだろう。

意地悪には意地悪で返してやろう。光莉の頬を指で押して、驚かせてやるか。

「こういう想像だよ」

当てた人差し指の先は柔らかく、思った以上に弾力があった。光莉の綺麗な顔に指をくっつけるなんて、明るい場所では絶対出来ないな。

「あの……白土君。言い辛いけど、そこがどこか分かっている？」

光莉が喋るたびに、俺の指先に吐息がかかってくすぐったい。

いや、待てよ。頬に指を当てているなら、手はともかく……指先には息はかからないよな？　つまり俺の指は今。

「ご、ごめん！　暗かったから、予想とは違う場所を触っちまった！」

唇に指を当ててしまっていたことに気付き、俺は慌てて手を引っ込める。

謝る俺に光莉は特に反応せず、無言だった。流石にこれは怒ったか？

「そうだよね。暗いから、分からないよね？　ここなら何が起きても、事故だもん」

言い終えるのが早いか、光莉は俺の膝の上に頭を乗せてきた。

顔が見えないからこそ、その仕草に怖いくらいに心臓が跳ねる。今の俺は、どんな顔をしているだろうか？

「ひ、光莉？　そ、それは流石に」

「何かな？　私は今、ソファに寝転んでいるだけだよ。私の頭はひじ掛けの上にあるはずで、白土君の膝の上じゃない。暗いから分からないもん。だから、いいの」

「いや、膝の上がめちゃくちゃ熱いから分かるけど」

「もう！　分からないの！　そういうことにしてよ！　このソファ固くて座っているとお尻が凝るから、楽な体勢にさせてください！」

　最後の言葉は若干本音だと思う。かくいう俺もやや尻が痛い。

　だけど身体は石のように固まって、動けずにいた。当然だ、光莉が膝枕をしているのだから、動いていいわけがない。

「……さっき言えなかった言葉だけど」

　俺は光莉の方を向いて、飲み込んだはずの言葉をもう一度取り出す。

「今の俺はきっと、光莉と同じ表情をしていると思う」

　闇の中に放った言葉は、確実に膝の上の元カノに届いていて。

「ふふっ。教えてくれて、ありがとう」

　それを聞いた光莉は、何故だかとても楽しそうに笑うのだった。そのまま会話が途切れると思ったら、今度は光莉から話が始まった。

「ねえ、白土君。私たち、同じ高校だね」

「そうだな。俺たちの中学から一番近い高校だし、入試は難しいけど勉強さえ出来れば必然的にそうなるよな。俺は推薦組だけど。でも、光莉は勉強苦手だったよな？」

「うん。だからたくさん勉強したよ！　受験勉強も、それ以外のことも」

「……そうか。頑張ったのか。それも知らなかったよ」

「うん。すごく頑張ったよ！　そうだ、白土君。一つだけ聞いてもいい？」

他愛のない雑談の中で、光莉が突然投げてきたその問いは。

「白土君は、今の私をどう思う？」

それは一つの大きな分水嶺。返答次第で俺たちの行く末が変わりかねない質問。

顔色は窺えない。どんな意図で放った言葉なのか、分からない。

黙り込んでいると、光莉は続ける。

「昔の私は地味で、可愛くなくて、とても弱い女の子だった。だからそれが嫌で、変わろうと頑張ったの。他の誰にも負けないくらい、素敵な女の子になりたかった」

光莉が努力を続けたのは、俺との失恋の後だ。

つまりそれは、失恋の後に変わりたい理由が出来た。十代の女の子がそう願う理由なんて、多分一つしかない。

「光莉は……どうしてそんなに頑張ったんだ？」

俺は先ほどの質問を保留して、正解に至る言葉を導き出そうとする。

そんな俺の言葉に、光莉は。

「分からないかな？　女の子が頑張る理由はいつだって、誰かのためだよ？」

そしてその誰かは——。

何かが変わりそうなその言葉の先を、果たして俺は聞いてしまっていいのだろうか？

もしも、これで光莉が俺の知らぬ名を挙げたら、きっと俺は……俺たちの関係は。

『お疲れさまです。三十分コース、これにて終了でございます』

アナウンスと共に一瞬で照明が点き、俺はその眩さに目を細める。

目が痛くならない程度の輝度らしく、不快感は無い。部屋を見回せるくらいだ。

更に視線を落とすと、俺の膝の上に頭を預けてリラックスしている元カノを見つけた。

「あ、え、えっと……？　そ、その。白土君？」

「あー、うん。おはよう？　光莉？」

俺たちは即座に今の状況を理解し、一瞬でソファから立ち上がる。

恥ずかしさで死にそうだ。急に明るくなって、現実に引き戻されて。さっきまでの夢見心地はどこへ消え失せたのだろうか。

互いに背を向け、何故か服の乱れを直したりして、居心地の悪さで冷や汗が流れる。

『延長はなさいますかー？』

気の抜けた漆黒おじさんの声に、俺たち二人はというと。

「「結構です！」」

全く同じ台詞を、防音室から漏れそうなほどの声量で叫んだ。

◆◆　【晴海光莉・『ナイトレイド』退出後】　◆◆

それから私たちは、ぎこちない会話をしながら移動をした。

そろそろお昼時ということで、お店が混む前にどこかに入って休もうという提案だ。

私たちが選んだのは、高校生でも入りやすい、比較的安価なイタリア料理店だ。

パスタが人気の個人店で、ファミレスと違って人が少なくて過ごしやすい。

「ここのお店って、もしかして」

お店の入り口で足を止めた白土君が、驚いた顔で看板を見つめる。

「白土君、どうしたの？　今日の日替わりパスタセットはアラビアータだよ！」

「そ、そうか。アラビアータは好きだ。光莉は……よく、誰かと来るのか？」

「うん？　たまにね！　それがどうかしたの？」

「……いや、何でもない。入ろうか」

白土君の声音が暗くなっているのは、多分誤解をしているからだよね。私が他の男子とここに来ていると思い込んで、ちょっとだけ元気が無くなっている。

さり気なく嫉妬をさせるのが私の〈失恋計画〉だけど、何だか胸が痛む。

私は白土君に嘘を吐いてはいないけど、これが正解……なのかな。

「やっと一息つけるね」

店の最奥にあるテーブル席に案内された私たちは、向かい合って座る。

さっきのルームでの一件があって、とても恥ずかしい。顔を直視出来ない！

白土君の顔今日も素敵だなあ……触りたいなあ。唇、私が指をくっつけたら怒るかな？

「俺はもう決めたけど、光莉は何を食べる？　あの……光莉？」

「え？　あ！　わ、私は日替わりパスタにしようかな！　飲み物は一番安いやつ！」

私の注文を聞いた白土君は、何だか怪訝な顔をしている。

まさか……！　わ、私が白君の唇に熱い視線を送っていたのがバレちゃった!?

「分かった。じゃあ注文をしていいか？」

「お願いします！　そして私はちょっとお手洗いに行ってきます！」

これ以上向かい合っていたら、まるで心の中を全て見透かされてしまいそうで。

私は慌ててトイレへと逃げ込んで、個室の鍵を閉めた。

あー、もう！　ダメだな、私。白土君の前だとどうしても格好がつかないや。

今日は余裕ある女の子を演じて、白土君をいっぱい嫉妬させて、もう一度私の良さを知ってもらおうと思ったのに。

「私の方が、ずっと白土君に振り回されている気がする……っ！」

だって仕方ないよね。白土君が格好いいのが悪い。私が彼を好きすぎるのも悪い。

便座に腰をかけ、持ってきたポーチを見つめる。『師匠』と一緒に、コスメショップで美容部員のお姉さんに、素敵なお化粧を学びに行った時に買った物だ。

あの頃の私が、今の私を見たら驚くかもしれない。お化粧、上手になったからね。

そして、ポーチの中には今でも折りたたまれた一枚のルーズリーフがある。

私が迷った時は、この魔法の言葉が背中を押してくれるから。

「今日は頑張るから、応援してね」

ルーズリーフを交換したあの日のことと、優しい笑顔を思い出す。

よし！　ここから挽回だ！　白土君を照れさせて、嫉妬させて、今日の帰り際には私が最高の元カノだって思ってもらえるように頑張るぞ！

気付けば十分以上もトイレに籠ってしまっていたことに気付き、私は慌てて手を洗ってから席に戻る。テーブルには、既に料理が運ばれていた。

「ごめんね、白土君。料理が来ているのに待たせちゃった」

「いや、いいタイミングだ。運ばれてすぐに光莉が戻ってきてくれた。ここは相変わらず料理が来るのが早くていいよな。それじゃあ食べようぜ」

「うん！　いただきます……あ」

食前の挨拶を言い終えるより先に、私は致命的なミスを犯してしまったことに気付く。

さっき白土君に注文を聞かれて、自分がした返事を思い出す。

今日の日替わりはアラビアータ。そして一番安い飲み物はアイスコーヒー。

この二つは私のとても苦手な「辛い物」と、「苦い飲み物」のコンビだ。

ど、どうしよう？　今から変更も無理だし、た、食べないとダメだよね？

「わ、わー。おいしそう……あ、あれ？」

恐る恐る視線をお皿に下ろして、私は思わず目を見張る。

そこにあるはずだと思い込んでいた苦手なコンビは。

「大盛りのカルボナーラと、リンゴジュース……」

私がとても大好きな物に変わっていた。それはまるで、魔法みたいだった。

「あ、あの！　白土君、これ」

注文が違うと叫ぼうとして、彼の目の前に置かれた皿を見て、言葉を失う。

白土君が食べ始めていたのは、アラビアータにコーヒー。私が注文した苦手コンビだ。

何も言わず、黙々と口に運んでいるその姿に、思わず目が離せなくなってしまう。

「どうした？　早く食べないと冷めるぞ。その二つ、いつも食べていただろう？」

ああ、そうか。白土君は気付いていたんだ。

このお店は近くに姉妹店があって、私と白土君は中学時代、デートの時にそっちのお店をよく利用していた。いつも同じ時間、同じ席で、同じメニューばかり食べていて。

今日はわざと、ここを案内した。白土君に忘れていた過去を思い出して欲しくて。

だけど白土君は、私との時間を忘れてなんか、いなかった。

さっきもそうだ。「相変わらず料理が来るのが早くていい」という言葉。一度も来たことが無い店で、そんなこと知っているわけがないのに。

私はフォークを手に取って、大好きなカルボナーラを口に運ぶ。

「おいしい……本当に、今まで食べたカルボナーラで、一番おいしいよ」

思えば、白土君はいつだって私に魔法をかけてくれていた。

冴えない女子である私をお姫様にしてくれるのは、ただ一人。白土君だけ。

今日もこんな素敵な魔法をかけてくれて、私の「苦手」を無かったことにしてくれて。

私を平凡な女の子からお姫様にしてくれる――、世界で一番素敵な男の子。

「やっぱり好き。すごく、大好き」

思わず漏れた本音に私自身が気付いたのは、一瞬の間を置いてからだった。

しかし目の前の魔法使いの男の子はというと。

「そんなにか？　でも光莉と言えばカルボナーラのイメージだよな。今でも好きな食べ物が変わっていなくて良かったよ。ははっ」

違うのに。違うのにぃ！　そうじゃないのに！　笑わないでよ！　白土君のバカ！

でも……今はこれでいいや。私の中の白土君と、白土君の中の私。

お互いに抱いているイメージが、あの頃のままで変わらないなら、それでもいい。

「私この後デザートも食べちゃうからね！　白土君も一緒に食べよう？」

「えぇ……嫌だよ。だって光莉、その大盛り食べた後でもジャンボパフェとか普通に頼むし。俺より大食いだから」

「知らないの？　白土君？」

私はリンゴジュースのグラスを手に取って、彼に微笑んでみせる。

「恋物語とお砂糖は、女の子にとって大切な栄養なの」

恋じゃなくて恋物語だと濁す、少しヘタレな私の台詞。

それを聞いた白土君がちょっとだけ、困った顔をしているのが面白い。

それにね。本当は、恋物語じゃない。私にとっての栄養は――。

千藤白土君。あなたが私と過ごしてくれる、この時間だよ。

◆◆【千藤白土・昼食終了後】◆◆

俺たちは食事を終え、隣の駅前にあるルームを見て回ることにした。

澄華ちゃんに連絡を取ってみたところ、残るルームは先に回った二軒よりもマイルドなものが多いようで、ある程度は安心出来る。

しかし光莉は大丈夫だろうか？　先ほどから口数が減っているけど。

「光莉、どうかしたのか？　何か静かだけど」

俺が尋ねると、光莉は小さく呻きながら首を横に振る。

「ううん、平気。心残りがあるとすれば、パフェをもう一杯食べたかったことくらい」

「毎度思うが、その細い身体でよくそんなに食べられるよな。そのうち太るぞ？」

「細い身体！　ふふっ。白土君は女の子を褒めるのがお上手だね？」

「言葉の選別が上手なお耳ですね」

こんなやりとりも、いつかの日に交わしたような記憶がある。

変わらない街。だけど変わってしまった関係。

知っている顔。だけど知らないことも増えた。

こんな感じで季節が巡って、壊れてしまった古い関係は、いつか新しい関係に姿を変えるのかもしれない。でも今だけは、昔を思い出しながらこの街を歩きたい。

「あのね、白土君。さっきはありがとう」

不意に光莉からお礼を言われて、俺は思わず面食らってしまう。

多分、先ほどの店で注文したメニューを勝手に交換したことだろう。

光莉の「好き」も「嫌い」も知っていたからこそ、出来たこと。

余計なお節介になるかと不安だったけど、どうやら間違いじゃなかったようだ。

「いいよ、別に。今日の経費は澄華ちゃんが払ってくれるから」

だけど俺は、わざと知らないふりをする。すれ違いを選んで、「食事代を出した俺」に対するお礼だと受け取って、光莉の言葉を受け流した。

分かりやすい誤魔化しだ。それに対して、光莉は。

「うん。次は私が、白土君を助けてあげるからね！」

気付いているのか、あえてそうしているのか。

光莉もまた、曖昧な受け答えをして俺に微笑み返してくれる。

お互いの距離を間違えないように、俺たちはこうやって並んで歩くのだろう。

真っすぐに、昔のように交わることは無いのかもしれないけど。

「そうか。じゃあ困った時は真っ先に光莉を頼るよ」

「お任せあれ！　白土君のためなら、何だって手伝うよ！」

俺たちは顔を見合わせて、どちらからともなく笑う。

交わらなくてもいい。だけど今だけは、こうして肩を並べて歩いていきたい。

俺たちの関係の先にあるものが、どんなものであっても。


それから電車で移動をした俺たちは、またいくつかの『ルーム』を体験した。

先に体験したルームと違い、今回はフリースペースのような場所が多く、良くも悪くも無難な時間を過ごすことが出来た。

時代劇風の衣装を着て、英語禁止の古民家カフェで過ごす、穏やかなルーム。

某ゲームの世界観を完全再現し、勇者に絡まれるモブになりきるルーム。

特殊メイクで異種生物になりきり特殊な人狼ゲームを遊ぶ、変なルーム。

分かったことは、『ルーム』は主に「使い方を利用者に委ねる」空間と、「利用者にある程度規範や設定を強いる」空間の二種類があるということだ。

そのどちらにも需要があり、ルームによって客層も異なる。若い子だけが楽しむ場所ではなく、最近では中高年向けのルームも増えているらしい。

これを踏まえてスミカをどう改革していくか。まだビジョンは見えないが、今日はあくまで視察だ。プランは今後話し合う必要がある。

「楽しかったね、白土(しろと)君」

夕方。徐々に日が落ちかけている駅前で、バス停に向かっている最中に光莉(ひかり)が言う。

「ああ。色々勉強になったし、初めてのルーム体験だったけど悪くなかった」

「だよね！　私も過去に何度かルームは使っているけど、今日はすごく楽しかった！　場所も大事だけど、行く相手が誰かで全然違うね」

「……ちなみに、光莉は誰と一緒にルームに行ったんだ？」

心の中に黒い靄(もや)がかかる。何でもないように装っているけど、全くの強がりだ。

二人で付き合っていた頃は、中学生の間ではルームなんてまだ流行(はや)っていなくて、一緒に行こうと提案したこともなかった。

だから光莉は俺と別れた後、別の誰かと「初めて」のルームを体験したのだと思うと、少し……いや、かなりの嫉妬心が芽生えそうになる。

「知りたい？　私がルームに一緒に行った相手はね」

少しだけ意地の悪い笑顔で、光莉はわざとらしく間を置く。

無邪気で明るい光莉には、不似合いな空気。だからかもしれない。光莉はちょっとだけ悪い女の子を演じている自分に照れて、小さく笑った。

「女の子だよ。私の大切な恋愛の師匠で、二人で勉強したの。将来こういうところで、お互い好きな人とデート出来たら嬉しいよね、って」

「そ、そうか。女の子か」

それを聞いて安堵している自分が居て、単純すぎる思考に情けなくなる。

もう少し俺も、余裕っぽく振舞えればいいのにな。

「だからこれが、初めてかな」

夕陽に照らされて、いつもと違う光莉の顔が見えた。

それは少しだけ物憂げで、だけど後ろ暗いものじゃない微笑み。

思わず見惚れてしまっていると、二つの視線が真っすぐにぶつかった。

「男の子と行くルームは、これが最初。形は違うけど、お互い初めてだね」

無意識が、動きそうになった。

抑えていた気持ちが、飛び出しそうになった。

あと少しだけ、俺の理性が欠けていたら……きっと、光莉のことを抱きしめてしまっていたかもしれない。

それくらい、目の前の女の子は可愛くて、愛おしかった。

「あ、私が乗るバスが先に来たね。白土君のバスはもう少し後かな？」

言い終えて、何事も無かったかのように日常が動き出す。

ほんの少しだけ、この非日常を延長したかった。

だから俺は、言えなかったことを今更になって口にする。

「光莉。言いそびれたけど、今日の服すごく似合っているよ。特にそのニットが」

照れを隠すように俺は視線を下げて、ニットセーターの裾を見つめる。

そこには茶色い、小さなシミがある。過去に「何か」があった痕跡が、今でもはっきりと浮かんでいた。

「白土君……！　えへへ。えへへー！　ありがとう！　これね、今でも大好きなの。だから今日、久々に着られて良かった」

光莉はニットセーターをぱたぱたと動かす。その仕草が、とても懐かしい。

褒められた服を恥ずかしそうに触る癖。付き合っていた頃は、何度も見たな。

「それで本当は、他にも着たい服があってね！　だけど季節的にいまいち合わなくて」

「光莉」

「あ！　流行とかは気にしないから、可愛い服だし取っておいているの！　私って物持ちもいいし、スタイルも変わっていないから今でも着られるし！　でも胸は少しだけ」

「光莉……あの、バスが来ているからな？」

早口で捲し立てる光莉を諫めると、ようやくバスの到着に気付いてくれた。

俺たちの後ろに並ぶ人たちは、困ったような顔で乗車を待っている。

「あー！　ご、ごめんなさい！　乗ります！　白土君、今日は改めてありがとう！　また明日、学校かスミカで会おうね！」

光莉は並んでいる人たちに頭を下げて、慌ててバスに飛び乗った。

それから大勢の人たちを乗せて、定刻通りにバスは動き出す。

俺は光莉を見送った後で、隣のバス停に移動して到着まで時間が過ぎるのを待つ。

まるで映画のエンドロールを眺めているかのような、無為の時間だけど。

今日はこの時間も含め、一秒ずつがとても幸せだったと思えた。


翌日。学校の授業を終えて、俺は一度自宅を経由してからスミカへと向かった。

明日からは本格的に住み込みで働くことになるため、日用品や着替えなどが必要になるからだ。家族の引っ越し自体は月末だが、新生活に慣れるに越したことはない。

「光莉はまだ来てない、かな」

鍵を開けて管理人室に入ると、澄華ちゃんは不在で他に人の気配は無かった。

今日は昨日行った『ルーム』視察を報告する必要がある。

光莉も間もなくやってくるはずだ。先に荷物だけ目の付かない場所に置いておこう。

「お疲れ様、白土。昨日はどうだった?」

作業をしていると、相変わらずスーツ姿の澄華ちゃんがやってきた。

手に持った缶コーヒーを一本俺に放って渡すと、ソファに座るよう手招きされる。

「光莉の到着を待たなくていいのか?」

「うん。先にお前から感想を聞こうと思って。このスミカはどう変わるべきだと思う?」

昨日の視察の後、俺は自分なりにルームへの理解と考えを巡らせていた。

いくつか見回り、昨晩もSNSで色々なルームを調べてみたけど……。

「ルームの多くは、非日常を提供する形が多い。でもそこに居る従業員はあくまで受付やサポートに徹していて、強い干渉をすることはほぼ無かった」

それは場所を提供するだけのスミカとは、正反対の方針で成り立つ空間。

JMRAに認可されているルームは、一部を除き殆どが大手ネットカフェや喫茶店の発展形だった。あるいは出版社やゲーム・アニメ会社などが、イベント期間を設けて一時的に運営する、コラボカフェの進化系。

　運営資本金や方針が定まっていて、強い特色を出すことで他と差別化をする。

　万が一、『ルーム』での収益が少なくとも、母体となる会社が大きいためにダメージは少ない。

「形だけ真似すれば多分、スミカの運営は苦しくなる。だからこの場所には、この場所ならではの過ごし方と、料金体系を出す必要があるとも感じた」

「なるほど。他所のルームのことはよく分かった。ならば白土はここをどうする？」

　ここまでは概ね、澄華ちゃんの反応も含めて想定内だ。

「俺には、スミカを普通のルームにする未来が見えなかった。アパートメントホテルからルームにするには……具体的なことは言えないけど、魅力が必要だ」

　少し間を置くが、澄華ちゃんは無言で続きを促す。俺はそのまま話を続けた。

「多分、最盛期のスミカには独自色みたいなものがあった気がする。スミカにとって最大の武器はそれなんじゃないかな。それが何かは、まだ分からないけど」

　俺はこの建物の歴史を知らない。

　かつてどんな場所で、どういった人々がここを愛したのか。澄華ちゃんが運営していた頃もそうだし、それ以前、叔母さんや叔父さんが管理していた頃の日々を。

「だから他のルームの模倣じゃなく、まずはスミカそのものを理解したい。その後で改造計画を進める……というのは、どうかな」

聞き終えて、澄華ちゃんは俺の顔を見つめる。

しばらく互いに目を逸らさずに無言の時間が続くが、それもやがて終わる。

「なるほど、悪くない意見だ。参考にしよう。それで白土、昨日のデートはどうだった？　視察の話はもういい。白土と光莉ちゃんの話と、『これから』を教えてくれ」

それが本題だったと察して、俺は生唾をゆっくりと嚥下する。

「一つ前に進もうと決めて、白土はスミカで働くことと、光莉ちゃんと二人で時間を共有することを選んだ。その結果をお姉さんに語りなさい」

息を吐く。澄華ちゃんの言葉が耳の中で反響し、心拍数が跳ね上がっていく。

俺が見据える、辿り着きたい未来とは――。

「……最高の時間だった。色んな話が出来た。知らない顔を見ることが出来て、知っている顔もたくさん見られた。忘れたくない思い出が、また一つ増えた」

それはかつて、俺が諦めたもの。忘れてしまうべきか、悩み続けた夢。

「可愛かった。昔より綺麗になった。もう一度抱きしめそうになった」

それは今の俺が、光莉にはしてはいけないこと。

「光莉と別れて、腐ってしまっていた。もう二度と恋は出来ないし、したくなかった。後悔から目を背けて、諦めに依存していたけど……それは、過去のことだ」

俺は選んだ。光莉ともう一度、同じ一日を過ごすこと。

光莉は選んでくれた。こんな俺ともう一度、同じ時間を分け合うことを。

だから俺は、『二人で』その先に進みたい。

「俺はこれからすることを決めた。一つのゴールが見えたよ、澄華ちゃん」

そうなるように努力をする。諦めとは距離を置いて、また歩き続けるから。

「俺は、光莉のことが好きだから。関係をやり直したい。全てを諦めて、無かったことにはしない。俺だけじゃない。『俺たち』が納得する答えに辿り着きたい！」

俺の決意を聞いて、澄華ちゃんは笑う。声を上げずに、口元だけを緩ませて。

「最高だな。それでこそ私の従弟(いとこ)だ。お姉ちゃんが抱きしめてあげよう！」

「いや、それはいいよ。久々のハグは……別の相手のために取っておきたい」

両手を広げて待ち構えている澄華ちゃんにお断りをして、俺は缶コーヒーを飲み干す。

甘ったるい微糖の味が口内に広がるけど、悪くない。

誰かとの縁をやり直す、か。

「……待てよ」

やり直し。俺は今、光莉との関係を再生しようとしている。

そして同時に、スミカという古い建物を立て直そうとしている。

色んな何かをやり直す。その助力をしてくれる人。あるいは――場所。

「もしスミカを俺たちの手で、そんな場所にすることが出来たら……？」

一つの光明が見えかけた瞬間。インターホンの音色が管理人室に爆音で響く。

「う、うるさっ！　来客……？　光莉かな？」

「私が見てこよう。白土はそこに散らばっている自前のブリーフをしまっておけ」

「散らばってないからな？　そもそも俺はボクサーパンツ派だ」

「そうか。ちなみに私はローライズ派だ」

澄華ちゃんはそう言って、さっさと管理人室を出て行った。よく分からんけど、女性用下着も種類があるのだろうか……？

それからすぐに、澄華ちゃんは管理人室に戻ってくる。

「喜べ、白土。お前にとって最初のお客様だぞ」

その言葉に身体が強張るのが分かった。人生初の接客経験だ。ちゃんとしなければ！

そう思い、ソファから立ち上がって振り返ると。

「嘘、だろ……」

言葉が出なかった。そして今俺は、自分がどんな表情を浮かべているかも分からない。

先日、全く同じシチュエーションを経験していたけれど。

何度やろうと、この心臓が氷水に浸りられたような感覚は一生慣れない。

ましてその相手が、俺の〈初恋〉の相手なら、なおさらだ。

「ここで働き始めたバイトの男の子って……白ちゃんだったの?」

秋羽彩葉。

俺が小学生の頃から、とても長い間片思いをしていた、憧れの女子。

付き合うことも、告白することも出来なかった、かつて大好きだった人だった。

幕間その一　光莉の決意

三月下旬。高校進学前の春休み、私は一人の女性と会っていた。

昼過ぎの、個人経営の小さな喫茶店。二人用の席で対面に座る人の名は、屋敷澄華。

この近くにあるアパートメントホテルを経営しているらしい――、ということと名前だけは、このお店に来る道中で聞く事が出来た。

私のことは名前で呼んでいいよと、澄華さんは楽しそうに笑った後で。

「さて、どうして私を誘ったのか。その理由を聞かせて欲しいな」

自らに声をかけた理由を尋ねてくる。実は、私と彼女は初対面だ。

私がお店の外で電話している澄華さんに声をかけて、強引にお茶に誘った。

最初は断られたけど、土下座をしたら慌てて付き合ってくれることになったのだ。

ちなみにアスファルトの上で土下座をすると、おデコがとても痛くなるよ！

「ごめんなさい！　さっき、電話で誰かと話していましたよね？」

「ああ。軽く教えたけど、アパートメントホテルの経営について知り合いと雑談をしていただけだよ。それがどうした？」

「知りたいのはその後で、澄華さん……白土君のお知り合い、とかですか？」

私の真剣な目を見つめ返し、澄華さんは言葉の真意を探ってこようとする。

だけどすぐに手元のコーヒーカップを持ち上げながら、返事をしてくれた。

「彼は私の従弟だよ。経営するアパートメントホテルが人手不足で、身近なところでバイトでも雇おうとしていたわけだ。候補として、冗談半分で可愛い従弟の名前を」

「わ、わ、私を雇ってください！」

話を遮って、私は気付けば机の上に手をついて身を乗り出していた。

そんな私に澄華さんは驚いていた。寧ろ引いていた。

けど、その顔に次第に私への興味が浮かんでいるのに気付く。

「それは後で考えるとして、君は白土の何だ？　恋人か？　素敵な彼氏と少しでも一緒に居たいという気持ちは分かるが……」

「いえ、私は」

私は、何だろう？　私は白土君にとって、どんな存在なのだろう？

一番分かりやすいのは、元カノ。あるいは、思い出。

少なくとも今は別れを経て、友達同士かクラスメイトだ。だけど。

「……白土君とお付き合いをしていました。だけど、私が弱いから彼に別れを切り出させてしまった、そんな関係です」

「へえ。白土にそんな相手が居たのは知らなかったな。要するに元カノだろう？」

「そうです、けど」

第三者から関係を断言されて、私は思わず怯んでしまう。

それ以上話が続きそうにない空気になって、逃げだしたくなる。

だけど澄華さんはメニュー表を開きながら、私を見て笑う。

「色々聞かせて欲しいな。君と白土の関係を。ケーキとお茶のお代わりが必要だろう？」

「……は、はい！　ではビッグチョコレートケーキとカフェオレのラージで！　出来ればホイップのトッピングも欲しいです！」

「あのね？　言っておくが、話がつまらなかったらここの会計は君に払わせるぞ？」

それから私は、白土君との過去を語った。

白土君が誰かに振られたこと。私はそんな彼と親密になったこと。

そして付き合って、恋人同士になったこと。

どんな付き合いをして、どんなデートをして、どんな終わりを迎えたのか。全てを。

「面白いな。それで君は、〈失恋計画〉とやらを考案して、白土にアプローチをしようと試みているわけだ。全く……私の従弟は幸せ者だな。甘すぎて反吐が出る」

聞き終えた澄華さんは、無糖のスコーンとコーヒーを口に詰め込んで、わざとらしく渋い顔をしてみせた。気持ちは分かるけども！

「そんなに焦らなくても、また関係を再構築すればいいじゃないか。高校が一緒ならイベントも山ほどあるし、そこで充分だろう」

「……それだと、遅いかもしれません」

「遅い？　高校の三年は長いぞ。何かが始まって終わるには充分すぎるほどだ」

「友達から、一つの噂を聞いたんです。白土君に関する、噂を」

それが本当のことかは分からない。冗談が好きな子だし。

だけどあの子は、私よりも先に白土君と出会って、一緒に居る子だ。

「白土君には初恋の人が居て、その人が最近……白土君に想いを寄せているって。嘘だと思いたいです。その人が本気を出したら、私なんてすぐに忘れられちゃう」

初恋の男女。それは多くの創作の中で、最高の愛を約束されている。

私は白土君にとって初恋じゃない。二度目の恋だ。

「だから私は、その人より早く行動を起こしたい！　白土君にもう一度私を見て欲しい。私を知って欲しい。今度は逃げずに――」

自ら傷を付けて恋愛を終わらせた彼を、もう離さない。

白土君の従姉とはいえ、初対面の人に私は何を言っているのだろう。

恥ずかしい。赤くなった顔を冷やそうと、たくさんカフェオレを飲む。

「理想のお嫁さんだな」

「ぶっふ！」

飲んでいたカフェオレを吐き出しそうになって、私は何とか堪える。ごめん、嘘。実はちょっとだけグラスに噴き出しちゃった。

「す、澄華さん⁉　な、何を」

「気に入った。最初は頭がおかしい女子かと思ったけど、その通りだった。これくらい壊れている方が、白土みたいな男には丁度いいだろう」

「あれ？　私、かなり傷付くこと言われていますよね？」

「いいか、光莉ちゃん。白土はバカだ。バカで愚かで、人に騙されるし傷付きやすい。そういう時にあいつを支えてやれるのは、頭がおかしい女子だけだ」

白土のことを最優先にして。白土のことを慰めてあげられて。

白土だけを見てあげて。白土だけに全ての時間と愛を捧げられる。

「君はそういう子だ。だから私は、君に白土を愛して欲しい」

その言葉に、私は頭の中が真っ白になる。

あれ？　これ従姉とはいえ、白土君のご家族に公認された？　なにこれ？　夢？

明日から私、千藤光莉になってもいいの……かな？

「口から涎が垂れているぞ、光莉ちゃん」

乱暴に紙ナプキンを押し付けられ、私は現実に引き戻される。

「ご、ごめんなさい！　ご両親への挨拶と式の日取りはいつにしましょうか？」

「うん。やっぱり頭がおかしくて安心した。それは未来の話だ。私たちは今の話をしようじゃないか」

澄華さんは空になったコーヒーカップと私のグラスを見て、もう一杯追加注文する。

オーダーを終えて、澄華さんは話を続けた。

「君と白土がどうなるかは努力次第だ。そして私はその努力を後押しするが……一つだけ条件がある」

「何でしょう？　虫くらいなら食べますよ。甘い幼虫とかいますし」

「真顔でえげつないことを言うな。私にそんな特殊な趣味は無いし、あるとしても嫌がって泣きながら食べる姿を見る方が楽しいに決まっているだろう」

「その割には随分と『趣味に理解のある彼女感』がある台詞では……？」

「戯言はさておき。君には私の経営するスミカに、ボランティアに来てもらう。君の通う高校には地域向けのボランティア部はあるか？」

「えっと、まだ入学していないので分からないですけど」

「無かったら君が設立すればいい。そして入部して、バイトではなく部活動の延長としてスミカの運営を手伝う。賃金は出せないが、どうかな？」

そうか。これは取引だ……！

私は白土君と接点を持てる。澄華さんは自分の仕事を手伝う人間を得る。

お給料は無いけれど、そんなものは無くてもいい。

だって私にとって白土君とまたお話出来る日々は、どれだけお金を積んでも得難いものだから！

「やります！　働かせてください！」

「では契約成立だ。それじゃあ、今後に向けて話し合おう。もしかしたら白土は来月、通いのバイトではなくスミカに住み込みで働くかもしれないぞ」

「ほ、本当ですか!?　それもう実質私との同棲じゃないですか！」

「こっわぁ……白土は中々奇天烈な女の子と付き合ったな。そもそも、私が電話で白土の名前を出したくらいで声をかけてくる時点で、相当ヤバいけど」

「うっ……そ、それはちょっとストーカーっぽいと、自覚しているのでぇ……」

「元カレの従姉が経営するアパートメントホテルで働くのも大概だし。まあ、安心しなさい。私が色々台本を考えてあげるから」

それから私たちは、スミカにおける白土君との再会計画を練った。

ボランティア部を設立した私が、澄華さんの紹介でスミカの改革を手伝いに来る。

その後、澄華さんが私たちに『ルーム』偵察を命じて、実質デートをする。

最後に澄華さんが白土君の想いを聞き出して、私が思い描いている未来と齟齬がないかを確認すれば――。

これで〈失恋計画〉はほぼ、成功するかもしれない！

「それじゃあ光莉ちゃん。私たちはこれから共犯者だ。二人で落ちるところまで落ちて、あとは白土を落としてやろう」

「はい！　これからよろしくお願いします！　澄華さん！」

喫茶店を出て、私たちは連絡先を交換して別れた。

全てが順調に進んでいる。もちろん、白土君が私を好きでいてくれていることが大前提だけど。

でも仮に私に興味が無くなっていても、別にいい。

「ちゃんともう一回、白土君を惚れさせてみせるから！」

意気込んで空を見上げると、青空に分厚い雲が浮かんでいた。
何となく、友達の深月ちゃんから聞いた噂の事を思い出す。
白土君の初恋の女性が、白土君に想いを寄せているという噂を。
嘘であってほしい。あくまで噂で終わってほしい。
だってその人は、私もよく知る人だし、何より……。
私の恋愛の師匠である、秋羽彩葉ちゃんだったから。

第二話　ゼロから始める初恋計画

「彩葉姉ちゃん……？」

それは久々の邂逅。閉じ込めていた思い出が、無理やり溢れ出る感覚。

中学二年の夏。教室の入り口で失恋してから、ずっと避けていた。

踏み込むことが出来なかった。あの空間にも、自分の想いにも。

それなのに今、こうしてスミカで再び相対することになるなんて。

「わー！　白ちゃんだ！　背が伸びたねえ。髪も伸びたねえ。それに少しだけ、顔つきが大人びていて……何だか、とても懐かしいわ」

一年半ぶりに言葉を交わした彩葉姉ちゃんは、俺の頭を撫でてくれる。

幼い頃はいつも見上げていた顔。だけどその顔は、今では俺を下から覗き込むような位置にある。中学二年の春にようやく、彩葉姉ちゃんの身長を超えられたんだっけ。

「う、うん。久しぶり、だよね」

ぎこちなく返した言葉に、だけど彩葉姉ちゃんは。

「そうね。中学では私の受験が忙しくなってからは会うことも喋りすることも無くなったし、高校に進学してからはあの頃以上に接点が無くなっちゃったから」

まるで自分の都合が悪かったかのように、振舞ってくれるけど。

本当は俺が逃げていただけだ。通学路で見かけたら物陰に隠れて、中学では三年生の教室には近づかないようにして、受験が終わった彩葉姉ちゃんにお祝いも出来ず。

自分の弱さが改めて、嫌になる。それなのに。

「でもこうして会えたのはラッキーね！　ねえねえ、白ちゃん。ここで働いているって言っていたけど、どんなお仕事するの？　ルームサービスとか？　頼みたいかも。ふふっ」

「あ、いや……まだ、具体的に何かをしているわけじゃなくて。それにさ」

このスミカにはもう一人、お手伝いが居ることを告げようとして。ふと気付く。

光莉と彩葉姉ちゃんは、俺の過去を知っているのだろうか？

彩葉姉ちゃんに〈初恋〉を捧げて、失い。〈失恋〉の果てに光莉と付き合った。

悪寒がした。理由は分からないけど、それを知られたら罪が生まれそうな、そんな曖昧な寒気。

「晴海光莉、今日も元気にお手伝いにきましたよー！　あ、あれ？」

その悪寒を払拭しようと動く前に、俺の元カノがやってきてしまう。

ほんの僅かな、一瞬にも満たない無言の時間が過ぎて。

「光莉ちゃん！　あなたもここの手伝いをしているの？」

「彩葉ちゃん！　いえ、師匠！　そうだよー！　私も部活の延長で、ここのお手伝いをさせてもらっているの！　わー！　会うのは久々だよねえ！」

二人は手を取り合って、女子特有の華やかな空気を生み出してくれた。

知らない、のか？　俺が……千藤白土が、二人にとって恋の共通項であることを。

「考えすぎ、か」

自惚れだ。彩葉姉ちゃんが仮に俺と光莉の過去を知っていても、どうとも思わないだろう。彩葉姉ちゃんは俺が勝手に抱いていた恋心のことを知らないはずだし。

これが恋物語なら、ヒロインたちは互いにバチバチと火花を散らすかもしれない。

だけど現実は物語になり得ない。だから何も起きないし、変わらない。

「白土はともかく、光莉ちゃんも彩葉と知り合いなのか？」

置いてきぼりを食らっていた澄華ちゃんの言葉に、俺は首肯する。

「ああ。俺と光莉にとって、小中学校から続く先輩で、高校も一緒だからな」

「そうね。二人が入学してきた時は驚いたけど、可愛い後輩とまた同じ学校に通えることがとっても嬉しいわ！　スミカで再会するとは思わなかったけどね」

彩葉姉ちゃんは腰に抱き着いている光莉の背中を撫でながら、困ったように笑う。

しかし、どうして彼女はここに来たのだろうか？

「彩葉姉ちゃんもスミカのお手伝いに来たとか？」

「うん？　違うわ。私は単純に利用客よ。澄華のお父さんと私のお父さんは飲み仲間で、よくここで飲んでいて、私も一緒に来ていたの。常連客なのよ、私！」

「へえ。親同士の付き合いか。それがどうして……彩葉姉ちゃんが常連に？」

「たまにここで試験勉強や生徒会のお仕事とか、それ以外でも息抜きに泊まることがあるの。身内価格で格安で使わせてもらっているわけ。家だと在宅仕事のパパが居るからね」

楽しそうに彩葉姉ちゃんが微笑む一方で、澄華ちゃんは小さく溜息を吐く。

「私の両親は常連と身内に甘すぎる。だからスミカの経営が傾いたことに気付いて欲しいものだ。昔と違って、消費者の財布の紐は堅いというのに」

実家に帰ったら説教だな。と、静かに言い放つ澄華ちゃんの顔は真剣だった。

「まあまあ、私以外利用客が居ることは滅多に無かったし、いいじゃない？」

「バカを言うな、彩葉。利用客が居たらお前みたいな友達優待プランをご利用の女子高生ごときに、貴重な一室を貸し与えるわけがない」

「そんなに怖い顔しないでよ、澄華。というか、それほど酷いの？　ここの経営って」

彩葉姉ちゃんの問いかけに、スタッフ二名は閉口し、ボランティア一名はよく分からなそうに首を傾げる。この沈黙が答えだ。

「そうよねえ。このアパートメンホテルって、今どきの『ルーム』でもないし。私、友達と色々なルームを巡ったことあるけど、ここをルームとするならワーストよ」

「……ふむ。お前はルームに詳しいのか？」

澄華ちゃんの目の色が変わったのが分かる。そしてその先の展開も、読めてしまう。

流石にそれは避けたい。どうにかしてこの流れを変えなければ。

「ええ、もちろん。私は流行に敏感だし、友達も多いから。そうだ！　いっそのことここをルームに改装して、お客さんを募れば」

「そ、そうだ！　光莉！　昨日行ったルームの体験談、澄華ちゃんに聞かせたか？」

文字通り彩葉姉ちゃんの腰巾着になっている光莉に声をかけると、ようやく我に返った彼女が目を丸くして小さく息を漏らす。

「あ、そういえば今日はその話だったね！　澄華さん、昨日二人で行ったルームのお話ですが」

「二人？」

光莉の話を遮ったのは、彩葉ちゃんだった。

この管理人室と、この話題には無関係であるはずの部外者であり、お客様。

「誰と一緒に行ったの？　光莉ちゃん？」

そんな存在である彩葉ちゃんが何故、この話題に加わろうとしているのか？

「白土君と二人だよ？　澄華さんの指示で、ルームの偵察をしてきたの！　さっき彩葉ちゃんが言っていたように、ここをルーム化する予定があってね？」

「なるほど。じゃあ私も参加させてもらうわね」

「……え？」

間の抜けた声を出したのは、俺と光莉の二人だった。突然の申し出に対して驚きを見せなかったのは、オーナーである澄華ちゃんだけだ。

「いいわよね、澄華？　私を雇ってくれる？」

「ふむ。構わないが、給料はほぼ出せないぞ。優待券くらいならくれてやるが」

「最っ高の報酬ね。それでいいわ。面接でもする？」

「不要だ。ただ一つ、お前がここで何を手伝えるかを教えてくれ。それで雇用の可否を今すぐ告げよう」

しまった。従業員に金を払わずに人手を増やしたい澄華ちゃんにとって、この流れは願ってもない展開だろう。

そして俺にとっては、願い下げの展開。

避けようとしていた一つの未来が、着実に実現しようとしている。

「私は経営コンサルタントとして、スミカをサポートするわ。この中で誰よりもルームを知る女子高生だからこそ、活路を見出せる。それだけじゃ、ご不満かしら？」

自信に満ちた声と、挑戦的な目を向け、彩葉姉ちゃんは宣言する。

自分がこの場所に相応しい人物であり、必要な人材であることを。

俺と光莉は思わず顔を見合わせてしまう。言うまでもなく、俺たちの顔に浮かんでいるのはただ一色。困惑だ。

「いいよ、彩葉。お前を雇用しよう。ただし肩書は自由に名乗っていいが、立場は光莉ちゃんと同じボランティアになってもらう。それでいいか？」

そして澄華ちゃんは、その言葉を受け取った。彩葉姉ちゃんを受け入れてしまった。

「もちろん！　大好きな場所と、愛する二人の後輩。それだけで私が働くには充分すぎるくらいだもの。これからよろしくね？　二人とも！」

彩葉ちゃんは光莉を一瞥して、それから俺に顔を向けてくる。

変わらない。昔から無茶をして、俺を色んなところに連れていってくれて、知らない景色をたくさん見せてくれた、あの頃と。

唯一変わったのは、地味なオタク女子のようだった見た目が、すっかり垢ぬけたことくらいだ。高校デビューなのかは分からないが、再会した時は少し困惑した。

だけど、あの頃と変わらないその無邪気な笑顔を見てしまえば——。

「……よろしく。彩葉姉ちゃん」

先ほどまで避けていた未来を、否応なしに受け入れてしまう。

惚れた弱みというのは、とても恐ろしいものだ。横に元カノが居るっていうのに、今の俺はすっかり彩葉姉ちゃんのペースに飲み込まれてしまっていた。

「白土君」

横に居る元カノは、小さく俺にだけ聞こえる声で囁く。

「彩葉ちゃんのことばっかり、見すぎ」

それから拗ねたような台詞を吐いて、思いっきり顔を逸らしてしまう。

そんなに見てないと思うけど……そういう風に見えてしまったのだろうか。

「あ、そうだ。白土。三階の部屋にある荷物を一階に下ろすのを手伝ってくれるか？　光莉ちゃんと彩葉は二人でそこにある最新型ゲーム機で遊んでいるといい」

澄華ちゃんは何かを思い出したかのように、俺に指示する。それから残った女子二人に縦長の分厚い携帯ゲーム機を渡した。何あれ。見たことないけど平成初期のハードか？

俺を連れて部屋を出ると、澄華ちゃんはゆっくり階段を上がり、二階に続く踊り場で足を止める。どうやら荷物云々は嘘だな、これ。

「……彩葉がお前の初恋か？　白土？」

澄華ちゃんは微妙な表情を浮かべて、俺に尋ねる。

悔しいが否定は出来ない。俺は諦めて、全てを語ることにした。

「はぁ……最初にここに来た時言っただろう？　勝手な失恋をした、って」

「そうだね。だがまさか、その相手が彩葉とは思わなかったよ。白土と接点があることすら知らなかったからな」

「小学校の集団登校で同じグループだった。最初はそんな出会いだったけど、学校外でも遊ぶようになって、それで……その」

「ふむ。惚れてしまったわけだ？」

あえて言葉を濁しているのに、澄華ちゃんは明瞭なトーンで俺の心を抉ってくる。

昔からこの人の悪い癖だ。俺に対するデリカシーに欠ける。

「そうだよ。彩葉姉ちゃんと付き合いたくて、小学校中学年くらいから色んな努力をしたっていう話。それ以上も何もない」

「あー！　そういえばあの頃の白土、可愛かったなあ。身長伸ばそうとして一日で牛乳を四リットルくらい飲んで、一晩中腹を壊していた時期だろう？　叔母さんに聞いたよ」

「俺の母さんは息子の恥を親戚中に言いふらしているのかよ！」

「他にも叔父さんのネクタイを拝借して、小学生なのに毎日学校で着けていた話とか」

「うがぁああ！　いいだろ、それくらい！　男子にはそういう時期があるの！」

間違った努力をたくさんしていたけど、正しい努力も同じくらいした。

勉強や運動が他人より出来るのも。

ファッションや流行に同級生の中で一番敏感だったのも。

中学では男女問わず信頼されていて、誰よりも毎日が充実していたのも。

「……全部、彩葉姉ちゃんと付き合うためのものだった」

憧れの人からの好意だけが欲しかった。

そうじゃない人からも、好意はたくさん貰ったけど。

結局、彩葉姉ちゃんから好きって言ってもらえたことはなかったな。

俺からも、中学生になってからは一度も想いを吐露出来なかった。

「その結果、お前は光莉ちゃんと付き合ったわけだ」

「うん。もちろん、それはかけがえのない大切な時間だったけど」

だけど光莉と付き合う直前、想いを告げられた時に頭を過ったことがある。

この言葉を彩葉姉ちゃんの口から聞けたら、どんな気持ちだっただろう、と。

そんな最低の考えはすぐに振り払って、紆余曲折を経て光莉と付き合った。

「流れで彩葉を雇用してしまったが、嫌なら私から断ってもいいぞ。初恋相手と元カノに挟まれるなんて面白い……辛い状況は無いだろう？」

「一瞬だけ邪悪が顕現した瞬間、俺じゃなきゃ見逃しちゃうね」

澄華ちゃんの提案はありがたい。正直、こんなにやり辛いことはないだろう。

だけど彩葉姉ちゃんの言葉が本当なら、ルームに詳しい人間が一人加われば、間違いなく今後の経営は楽になる。

何より俺は、逃げないと決めた。

後ろを見ながら歩くのではなく、前にある理想に辿り着くために進むのだと。

「彩葉姉ちゃんが居ても大丈夫。俺が勝手に失恋しただけだし、向こうは何とも思ってないはずだから。寧ろ、光莉と二人でやるよりスムーズかもしれない」

「何とも思っていない、か……」

何故だか、澄華ちゃんは俺の言葉を繰り返す。

引っ掛かるようなところは無かったはずだが。

「別にいいか。白土がそう言うなら、このまま話を進めていこう。管理人室に戻って、まずはルームに詳しい彩葉に改善案を出してもらおうか」

澄華ちゃんは言い終えて、さっさと階段を下りていく。

流石に考え過ぎか。だって俺は、他の誰より彩葉姉ちゃんの近くに居たのだから。

もしも彼女にほんの少しでも好意があったとしたら——？

「男の子と付き合うつもりが無いとか、あんなにハッキリと断言出来ないよな」

脳裏に浮かぶのは、セミの声。夕暮れの教室。額に滲む汗。二人の後ろ姿。

そして大好きだった初恋の、あの人の言葉。

「……さて、俺も行くか」

後ろを見ないと決めたのだから、あの日のことは思い出にしてしまおう。

時間が経てばきっと、青春を切り取ったアルバムの一ページになるはずだから。

管理人室に戻ると、光莉と彩葉姉ちゃんは二人で楽しくゲームをしていた。

俺たちに気付くと、二人はゲームを止めてこっちに向き直る。

「おかえり、白ちゃん。荷物は重かった？」

彩葉姉ちゃんの顔を見るたび、俺は少しだけ胸が高鳴ってしまう。

光莉の時もそうだったけど、これはしばらく慣れそうにないな……。だけど平静を保たないと、変な空気になってしまうだろう。

俺が小さく「大丈夫だよ」と返すと、彩葉姉ちゃんは「男の子だもんね」と、笑みを浮かべる。その顔は反則過ぎる……！

「その二人。イチャイチャしてないで、会議を始めるぞ」

澄華ちゃんに指摘されて、俺は思わず狼狽えてしまいそうになるけれど。

「あら、そう見えた？　私たちはずっとこんな感じだけど？　ねえ、白ちゃん？」

彩葉姉ちゃんは大人っぽい返しをして、一切羞恥心など見せなかった。

やっぱり自惚れだな。この温度差は、俺が勝手に熱くなっているから生まれている落差でしかない。

「仲が良いのはいいことだな。それじゃあスミカをルーム化するとしたら、どんな方向性がいいか。アイディアがある人は？」

澄華ちゃんの問いかけに真っ先に手を挙げたのは、光莉だった。

「はい！　色々調べました！　私としては二人の距離感を大事にしたいので、入室と同時に背中合わせで椅子に縛り付けられるのはどうでしょうか！」

いきなりマニアックかつハードな提案が飛び出し、場の空気は完全に凍り付く。

「光莉……流石にその提案は飛ばし過ぎじゃないか？」

「いいかな、光莉ちゃん。私の経営するスミカは健全な場所だ。そもそも対象をカップルに限っている時点で、ぶっちゃけラブなホテルのオプションレベルな気がするが」

「……やるわね、光莉ちゃん。その発想は無かったわ」

　俺と澄華ちゃん、そして彩葉姉ちゃんにも引かれて光莉は慌てて弁明する。

「あ、いや！　別にその、えっち系な提案じゃなくて！　二人で力を合わせなきゃいけない状況になれば、自然と仲が深まるかなって！」

　緊縛大好きガールはつま先から耳まで真っ赤にして、補足説明をしてくれる。俺と出かけたあの日よりも顔が赤い。あと何か変な汗が顔に滲んでいる。

「……言いたいことは分かるが。要するに光莉ちゃんは、密室・密着系のルームが好きなのだろう？　カップルにウケているような。例えばこの前、二人が行った」

　光莉は真っ暗ルームこと、ナイトレイドの話題を出そうとする澄華ちゃんの口を全力で塞ぎ、涙目になりながら「違うの！　違うのぉ！」と叫ぶ。壊れた機械みたいだ。

「ダメよ、光莉ちゃん。スミカはあくまで健全なホテルだったのだから。せめて緊縛じゃなくて手錠で互いの手を繋ぐとか。そういうのならJMRA公認で実際にあるわよ」

　彩葉姉ちゃんはスマホを操作し、何やら画面を見ながら語り始める。

「倦怠期のカップルや夫婦には人気なのよね、そういうルーム。マンネリしているところに刺激を加えることで、普段見られない姿を知ることが出来るみたい」

「そうなの！　彩葉ちゃんの言う通り、いつもと違う場所や顔が見られない状況だからこそ、勢い任せに色々出来ることがあってね！　私もこの前……っ！」

その先を言おうとする光莉と目が合って、俺たちは何も言わずに頷き合う。

その話は秘密だぞ、光莉。

そうだった……！　あの日の事は内緒だね、白土君！

目と目が合う瞬間、俺たちは互いに意思疎通をする。付き合っている頃でも、こんなに分かりやすい無言の会話をしたことはなかったなぁ？

「密着系はさておき！　彩葉姉ちゃん、ルームに詳しいなら何かアイディアは無いの？」

無理やり話を逸らし、疑念の目を向ける彩葉姉ちゃんに尋ねる。

すると、彩葉姉ちゃんは何やら思い出したように持参したスーツケースを開いた。

「一つ、とっておきのアイディアがあったわ！　私の私物を使って、少し試したいことがあるの。白ちゃん、協力してくれる？」

「いいけど……どんなアイディアだ？」

「ふふっ。きっと気に入ってくれると思う。準備をするから待っていてね？」

そう言って彩葉姉ちゃんはノートパソコンを取り出し、そこに大きなヘッドフォンを無線接続する。そして仕上げに、有線のイヤホンマイクを差し込んでみせた。

「出来た！　超お手軽な、ＡＳＭＲ体験設備よ！」

耳馴染みのない英単語に俺と澄華ちゃんは黙りこくってしまうが、しかしもう一人の女子高生はその言葉に目を輝かせている。

「すごい！　これでＡＳＭＲが出来るの？　私もたまに動画で聞くから驚きだよー！　ちなみに彩葉ちゃんは何の音が好き？」

「私はスライムとか、雨の音ね。咀嚼系は苦手かも」

「分かるー！　私は氷を混ぜるやつとか！　筆記音も眠くなるから好き！」

完全に女子トークが始まっている一方で、男子と大人のお姉さんは隅っこでその様子を見守るしかなかった。

「分かったぞ、白土。あれはきっと音を楽しむコンテンツだ」

「澄華ちゃん。それは誰でも分かるぜ？　楽しみ方が違うタイプの音楽的なあれだよ」

「だが待ってくれ。他人の咀嚼音を好んで聞く変人が居るか？　私は飲食店で近くの奴が音を立てて咀嚼していたら、拳で抵抗するタイプのお姉さんだぞ」

「確かに……！　もしかしてあれかな？　そういうシチュエーションのラジオドラマみたいな感じの動画かもしれない」

「ＡＳＭは分からないが、Ｒはラジオのｒか！　冴えているな、白土！」

そんな俺たちの会話は、バッチリと二人に聞こえていたらしく。

「『違う、全然違う』」

と、声を揃えて否定されてしまう。うわ、女子の真顔って怖いなあ……！

「せっかくだから澄華、あなたも若者コンテンツを試してみるといいわ」

そう言って彩葉姉ちゃんは澄華ちゃんにヘッドフォンを装着させ、パソコンで何かを操作してから、有線のイヤホンを手に取る。

そしてそこに、俺には全く聞こえない囁きをすると——。

「ひ、ひぃん！」

嬌声が聞こえた。その声を出したのは、他ならぬ澄華ちゃん本人で。

いつもクールな従姉のお姉さんは、慌ててヘッドフォンを放り投げる。

「な、なに、この……こ、怖い！　社会人のレディには理解出来ない！　耳が気持ち悪くて仕方ない！　ちょっと耳直ししてくる！」

謎の造語を吐き捨て、澄華ちゃんは管理人室を飛び出した。その直後、建物の外からバイクの排気音が響く。しばらく帰って来なそうだな……。

「白ちゃん、おいで？」

残る獲物である俺に狙いを定め、彩葉姉ちゃんはヘッドフォンを片手に手招きする。

光莉も目を閉じて腕を組み、何故か何度も頷いている。アイドルのライブとかで最後方に居るタイプのオタクだ、あれ。

「ほ、本当に大丈夫なの？　澄華ちゃんがあんなに顔を引きつらせたの、初めて見たぞ」

「まあ苦手な人は居るかもね。でも大丈夫、白ちゃんのお耳は私が壊してあげる」

「急に爆音で音楽を流すとか、そういう遊びじゃないよな……？」

俺は恐怖を抱いたまま、ヘッドフォンを着けてソファに座る。

彩葉姉ちゃんはそれを確認して、指でスリーカウントを始めた。三、二、一。

『白ちゃん。聞こえますか……？　可愛い私の声が、聞こえますか？』

耳元で彩葉姉ちゃんの囁き声がする。それは別にいい。理解が出来る。

ただし普通の声じゃない。何だか耳全体を彩葉姉ちゃんの声が覆っているような、不思議な違和感がある。

『さあ、そのまま目を閉じて？　私の言葉に身体を委ねて、そのままソファに横になってみて？』

訝しんで彩葉姉ちゃんの方に目をやると、「大丈夫だから」と口パクで宥められる。

仕方なく俺は目を閉じて、ソファに寝転んだ。

『ここを自室だと思ってね？　白ちゃんは学校から帰ってきて、少し仮眠を取ろうとしている最中。何だかウトウトしてきて、薄い布団に頭ごと包まるの』

だけど布団は無い。何か代わりを探そうとすると、光莉が微妙な表情でブランケットを俺の頭に被せてくれた。何か言いたげな顔だったような……。

『そのまま白ちゃんが眠っていると、横に誰かがやってくるわ。だけど睡魔に勝てない白ちゃんは抵抗出来ず、その人を布団の中に迎え入れてしまう』

ごそごそと、頭上のブランケットが動くのを感じた。

それから間もなくして、彩葉姉ちゃんの囁きが続く。

『ふふふ。白ちゃんの寝顔、可愛い』

今までとは明らかに違う、耳全体を撫でるような声に鳥肌が立つ。

だけど悪い気はしない。だってそれは、初恋の人の声なのだから。

もちろん、実際に彩葉姉ちゃんはブランケットに頭を突っ込んで、俺を見ているわけじゃない。それなのに、まるで隣に居るかのような臨場感だ。

『こうやって二人でお昼寝していると、昔に戻った気分ね。あの頃の白ちゃんは、私より背が低くて、声も高くて、可愛くて……だけど今は、とても格好いい』

彩葉姉ちゃんが懐古しているのは、俺たちが小学校低学年くらいの思い出だろう。

覚えている。暖かな春の日に、二人で日の当たるリビングで寝転がったことを。

そしてそこで、互いに顔を見ながら眠りに落ちて、気付けば夕方になっていた。

『ねえ、白ちゃん』

確かあの日、眠る直前に彩葉姉ちゃんが何かを言っていたはずだ。

だけどそれを聞き終える前に、俺の意識は途絶えた。

『私は、あなたのことが』

色褪せたアルバムを捲りながら、彩葉姉ちゃんがあの日の言葉を繰り返す。

その先に続く言葉は、何だったっけ——。

「……っ、あ!?」

だけど夢はいつか目覚めるもので。

俺のブランケットとヘッドフォンを剥ぎ取った女の子は、とても不満そうに唇を尖らせていた。そして、その口から飛び出した言葉は。

「私がいることを、忘れないでね？」

蚊帳の外に立たされていた光莉は、それだけ言って顔を背けてしまう。

あれ？　ここ……スミカか？　一瞬だけど、本当に過去に戻っていたような気がする。

ＡＳＭＲには詳しくはないが、催眠効果もあるのだろうか？　色々と危うかった……！

「はい！　これでＡＳＭＲ体験は終了ね。どうだった、白ちゃん？」

彩葉姉ちゃんはソファに座る俺の顔を覗き込み、何だかとても楽しげに返事を待つ。

自分の顔が赤くなるよりも先に、俺は慌てて言葉を返した。

「夢を見ているみたいで、懐かしかったよ。そ、それだけだ！」

「ふぅん？　気持ち良かった？　あのまま眠ってしまいそうな感じだったでしょう？　睡眠導入として使っている人も居るのよ！」

夢か現か分からないが、もしあのまま続きを聞いていたら……？

多分、安眠は出来ないと思う。それだけは間違いない。

「というか、彩葉姉ちゃんは本気でこれをスミカ改革案の一つだと思っているの？」

「ええ。実際、ＡＳＭＲをテーマにした『ルーム』もあるからね。声優事務所が運営していて、新人声優の生声を体感出来る他に、一般人でも音源制作なんかも出来ちゃうの」

なるほど。てっきりネットカフェやレンタルスペースの発展形が『ルーム』だと思っていたが、そういうアトラクション施設的な場所もあるのか。

知らないだけで色々な形のルームが世に溢れている。いや、それはいいとして……。

「……つまり、これをスミカに取り入れたら、彩葉姉ちゃんが声優みたいな感じで、お客さんを声で喜ばせるってこと？」

それは何だか不純な感じと、嫉妬心みたいなものが沸き上がってくるのを感じる。

「それは無いわね。だって、私がこれで白ちゃんと遊びたかっただけだし」

その言葉に俺は思わず脱力してしまう。

「あ、遊びにしては刺激が強すぎるだろ、これは……」

「ふふっ、ごめんなさい。白ちゃんと久しぶりに話すのがとても楽しくて、ちょっとからかいたかっただけなの。そうだ！　良かったらこの後二人で一緒に」

「あー！　お、思い出したぁー！」

彩葉姉ちゃんの誘いを遮るように、突如光莉（ひかり）が叫ぶ。俺たちがその声に怯（ひる）んでいると、光莉は俺の腕を引っ張って、管理人室の外へ連れ出そうとする。

「ひ、光莉？」

「二人が耳プレイをしている時ね、澄華（すみか）さんから連絡が来たの！　近くのコンビニで買い物をしてきて欲しいって！　えっと……何かお茶が欲しいからって！」

「お茶？　澄華ちゃんは俺が知る限り、コーヒーか水しか飲まないはずだけど？」

「そ、それはあれだよ、白土（しろと）君！　私たちに気を遣って、とかじゃないかな！　だから一緒に買いに行こう？」

「いや、彩葉ちゃんを一人にするわけには……」

「買いに行って欲しい、です」

途端に弱気になった光莉に困惑しつつ、俺は彩葉姉ちゃんに目を向ける。

初恋の人は俺たちのやりとりに笑いながら、「行ってらっしゃい」と、優しく送り出してくれた。

「私は充分、白ちゃんと楽しんだから。お留守番しているわね」

俺と光莉はスミカを出て、何故か無言でコンビニまで歩き続けた。

まあ、徒歩三分くらいの場所にあるから、会話が無くてもいいけど……。

「私のことも構ってくれないと、嫌だよ」

急に投げられた光莉の言葉に、一瞬俺は理解が及ばなかった。

しかし、少し考えれば何のことだか分かる。

「悪かった。ASMR体験は二人でしか出来ないから、光莉を無視するような感じになっちゃって」

「ええっと……そ、それは大丈夫。そうじゃなくて、私が言いたいのは……あ、あのね！

白土君に一つお願いしてもいいかな？」

「何だ？　お金のやりとりじゃなければ聞くよ」

「お金で買えるなら買いたいくらいだけども！　白土君と彩葉ちゃんは二人でASMRを楽しんだけど、私はやっていないよね？」

「そうだな。帰ったらやるか？」

「ううん。やらない。だからここで、私に体験させてほしい」

その言葉の意味が分からないでいると、光莉は目を伏せながらも俺に喋り続ける。

「ＡＳＭＲ、やりたい……私の耳元で、私の名前を呼んで？」

「お前は何を言っているんだ？」

「もうっ！　冷静にツッコミしないでよぉ！　彩葉ちゃんには出来るのに、私には出来ないの？　白土君は私の名前を呼んでくれないの？」

「いつも呼んでいるし、そもそも俺は彩葉姉ちゃんに囁いてないが……仕方ないな」

丁重に断ろうとするが、だけど光莉が目を真っ赤にして頼むものだから、無下にすることは出来なかった。

正直、すごくやりたくない。元カノに路上で、しかも耳元に囁くとか特殊な拷問かな？

ああ、恥ずかしい！　でもこれ、やらなかったら絶対拗ねるやつだよなあ！

「分かった。やろう。恥ずかしいから、そこの駐車場の隅っこでやらないか？　人の目につくと問題だろう？」

「……うん！　分かった！　私、白土君とならどこでも出来るよ！　見られるのは恥ずかしいけどね。えへへ」

ん？　何かこの会話すごく卑猥じゃないか？　気のせいか？

俺たちは時間貸しの駐車場の隅っこ、そこにある自販機の陰に隠れながら向き合う。

「光莉。目を閉じてくれるか？　そのギラギラした目で見られるとメッチャ怖い」

「み、見てないよ！　えっと、じゃあ……お、お願いします？」

光莉は目を閉じて、俺が囁きやすいように身体を横に向ける。

周囲に人が居ないのを確認してから、俺はゆっくりと光莉に近付く。

好きだった子の耳。元カノの匂い。飛び込んでくるたくさんの情報と愛おしさが、鼓動を早くする。

そしてその耳元に、顔を近付けて——。

「光莉」

たった一言。三文字を囁く。

ゆっくりと離れると、光莉は目を閉じたまま動かない。何なら、呼吸すらしていないように見えるが……。

「光莉さん？　う、嘘だろ……？　まさか立ったまま、気絶しているのか？」

慌てて肩を揺さぶろうと手を伸ばす、その瞬間。

「気絶してないよ！　しそうになったけども！　だけど……あはは」

光莉は自販機にもたれかかりながら、ゆっくり深呼吸をする。胸元に手を置いて、調子を整えた後でようやく口を開いた。

「ASMRって凄いね。何だか、感動しちゃった。白土君に耳元で名前を囁かれただけなのに、色んなことを思い出したの。それに、すごく恥ずかしいや」

はにかむその姿に、思わず俺まで照れそうになってしまうけど。

「一応言っておくぞ、光莉」

「え？　な、何を？」

何故か一瞬驚いて、光莉は俺の顔を凝視する。続きを待っているのだろう。

ちゃんと言葉にしないと、分からないよな。

「これはな……別にASMRじゃないぞ」

「あぇ？」

当然の事実を告げられて、光莉は唖然とした様子だった。

しばらく俺たちはその場に立ち尽くしていたけれど。

「……お茶、買いに行くか？」

「……うん。か、買いに行こう！」

当初の目的を思い出し、まるでこの出来事を無かったことにするかのように、全く無関係の雑談をしながらコンビニに向かうのだった。


「というわけで、今日はお疲れ様。三人とも」

光莉との買い物を終え戻ると、既に澄華ちゃんも帰ってきていた。

それからしばらく議論を続けたが、画期的な案は出ることはなく。ＡＳＭＲを始めとして、同じように他のルームの真似などもしてみたが、イマイチだった。

それから二時間程度で議論は打ち止めとなり、澄華ちゃんは本日の解散を宣言した。

「色々な意見が出たが、とりあえずは保留だな。今後は改装費や設備の導入費などを試算した上で、現実的な案をピックアップしていこう」

光莉も彩葉姉ちゃんも、長時間の拘束ですっかり疲労してしまったらしい。

二人でソファの上に重なって寝転んでいる姿が、姉妹みたいで面白い。

「それじゃあ私はそろそろ帰ろうかな……彩葉ちゃん、重いよ」

光莉は背中の上に覆いかぶさっている彩葉姉ちゃんを押し退け、ソファから離脱する。

彩葉姉ちゃんは「どうせ私は重い女よ」と、卑屈っぽいことを呟きながらも不動だ。

「そうだな。暗くなる前に帰った方がいい。今日もお手伝いしてくれてありがとう」

澄華ちゃんは光莉に鞄を差し出しながら、帰り支度を手伝う。

ところで、そのソファに寝転がっている重い女の子は帰らなくていいのだろうか？

「それじゃあ私は帰るね、白土君。ほら、彩葉ちゃんもそろそろ起きて？」

「大丈夫よ。私、今日は泊まるから」

「そっか！　それなら大丈夫……へ？　と、泊まる？」

彩葉ちゃんの思わぬ一言に、光莉はその言葉の意味を飲み込めないでいた。

そしてそれは俺も同じだ。泊まる？　何で？　今日は修学旅行だったっけ？

「あー、そうか。そういえば元々、彩葉は宿泊予定だったな」

澄華ちゃんは思い出したように手を叩き、しばし逡巡する。そんな彼女に対し、彩葉姉ちゃんは呆れたような表情を浮かべる。

「忘れないでよ。スーツケースを持ってきたのも、中に入っている生徒会の資料作りをするためだし。いつもの身内優待プランでお願いね、澄華」

「とはいえ、私は今晩野暮用があってさ。大学時代の同級生とお酒を……お食事をしながら、彼女の恋愛相談をする予定だ。年下の高校生の落とし方を伝授しに行く」

「何その法律に蹂躙されそうな集いは？　つまり私は、ここに泊まれないの？」

「いや、それは大丈夫だ。うちには優秀なスタッフが居るからな」

瞬間。澄華ちゃんは俺に視線を飛ばす。一つ、二つと、その視線が増えていくのが分かる。その場に居る全員が、俺を凝視していた。

「白土。初めての仕事だ。管理人代理として、彩葉の接客をしてくれ」

初めての接客相手が、初めて恋をした相手で。

いつの日か再び望んでいた二人だけの時間は、予期せぬ形で訪れたのだった。


それから澄華ちゃんにマニュアルと管理人室の鍵を渡され、俺はスミカでの初仕事をこなすことになった。

だけど接客自体は簡単なもので、澄華ちゃんが過去に言ったように、ここはアパートメントホテルであり、『ルーム』同様、場所貸しの感覚に近い。

俺がやる事と言えば、建物の施錠管理と部屋の設備が不調な時に対応するくらいだ。

「……白土君、やっぱり私も残ろうか？」

彩葉姉ちゃんが二階の客室に移動し、澄華ちゃんも出かけた後。

俺は管理人室で帰るタイミングを見失った光莉と二人きりになっていた。

「いや、大丈夫だよ。俺の仕事だし、何かあった時は澄華ちゃんもすぐに戻ってくるって言っていたから。友達の家、ここから徒歩で行けるくらいには近いみたいだ」

「し、白土君は……」

光莉に帰宅を促そうとすると、目の前の元カノは何故か俯いて小刻みに震えている。

お腹でも痛いのだろうか。そういえばさっき買ってきたお茶、何故か光莉が管理人室に入る前に一気飲みしていたからな……。

「光莉、具合が悪いなら——」

休んでいくことを提案しようとすると、光莉は突如顔を上げて叫んだ。

「白土君は！　お金を貰ったら誰の言う事でも聞くの⁉　彩葉ちゃんにおねだりとかされたら、それを叶えてあげるつもりなのかな⁉」

「いや、それが仕事だからな？　おねだりって言っても、無茶な要求はもちろん無理だ」

「どこまでならいいの？　み、水着とかはNGですか？」

「俺はグラビアアイドルかな？　そんなに心配しなくても平気だぞ。俺は基本的に管理人室に居るし、彩葉姉ちゃんは客室で生徒会の資料作りをするだけだ」

それでも光莉は中々素直に帰ろうとしなかった。一体何が不満なのだろう？

俺が彩葉姉ちゃんと二人きりになるのが、そんなに嫌なのだろうか？

つまりそれは、光莉が……嫉妬、している？　それは流石に、考えすぎだろうか。

「うん……分かった。私は帰るね。そもそも、私には白土君のことをどうこう言える権利は無いし」

「それは、そう……だな」

微妙な空気が漂って、光莉は無言で今度こそ帰ろうとする。

俺たちは元恋人同士で、今はただの同級生同士でしかない。

だから何も言えないし、何も干渉出来ない。

仮に何かが起きたとしても、それを黙って見過ごすだけだ。

「ねえ、白土君」

管理人室を出て行こうとする背中を見つめていると、光莉は振り向かないままで俺に言う。

「白土君は、彩葉ちゃんが好き?」

光莉の言葉に、俺は呼吸を忘れてしまいそうになる。

顔が見えないから。声音に変化が無いから。そして、光莉が俺の過去を……初恋を知っているか分からないから。

こんなに言葉を返すのが、怖いと思ったことはなかった。

だけど俺は――。

「好きだけど、きっとそれは普通とは違う意味の『好き』だと思う」

逃げたくなかった。正面からその言葉を受け止めて、余計な飾りつけをせずに返してあげるのが、俺なりの精一杯だ。

「彩葉姉ちゃんは俺の中で二番目に付き合いが長い女の子だから、色々あったよ。一番付き合いの長い幼馴染の深月とも違う、年上の女子だから」

色んなことを思い描いたけど、色んな出来事がそれを変えた。

「でも、それは過去だ。今じゃない」

「……じゃあ、『今』次第で、白土君の気持ちは変わるのかな？」

返してくる光莉の声は、さっきよりも明るくなっていた。

「当たり前だ。どんな経験や過去がある相手でも、俺は関係性や想いを変えられると思っている。良い方向にも、悪い方向にも」

これが正解か分からないけど、それでも素直な気持ちなのは間違いない。

本当はもっと素直になって、光莉に想いを告げられれば良かったけど、きっと俺たちにはまだ時間が必要だ。

「……うん、私もそう思う。白土君の考えが聞けて、良かった」

ようやく振り返った光莉の顔は、少し赤くなった笑顔で。

「私もね、彩葉ちゃんが好きだよ！　だから丁寧な接客をしてあげてね！」

「……ああ！　まだまだ新人だけど、任せてくれ！」

「うん！　あ、そうそう。今更口にするのも恥ずかしいけど、言っておくね？」

光莉は管理人室のドアを開けながら、喋り続ける。

「白土君のことも、同じくらい想っているから。じゃあ、また明日！」

バタン、と。一人部屋に取り残された俺の耳に、光莉の言葉が強く響く。

一体何と「同じくらい」なのだろう？

その「想っている」は、どういう形なのだろう？

俺が「想う」のと「同じくらい」だったとしたら——。

「こんなに悩まなくて済むのになぁああ……」

深く息を吐き出して、俺はソファの上に寝転んだ。

誰かのシャンプーの匂いが鼻孔をくすぐる。今日はまた色んなことを考えて、眠れない夜になってしまいそうだ。

光莉が帰宅してから三時間ほど経つが、びっくりするほど彩葉姉ちゃんからは音沙汰が無かった。

俺は夕食を済ませ、スマホで動画を観ながら暇を潰す。

これでも仕事中だよな……？　給料は出ないし、接客相手が知り合いだから気が緩んでしまうけど、アパートメンホテルの管理人はこれでいいのだろうか？

「……何か出来ることがあればいいけどな」

これが普通のホテルのフロントなら、ルームサービスの仕事を筆頭にやることが山ほどあると思う。今の俺はただの警備員と変わりない。

仮に何か良い案が生まれて、ＪＭＲＡの認可を貰って正式に『ルーム』となっても、これがあるべき姿だとは思えない。

気晴らしにテレビでも点けようかと思った、その時だった。

「彩葉姉ちゃんからだ」

短い電子音が繰り返し響く。着信を知らせるブルーライトを明滅させながら、その音を発生させている内線電話を手に取る。

「もしもし？　ええっと……こちら、管理人室です。どういったご用件でしょうか？」

澄華ちゃんの手書きマニュアルを横目で見ながら、俺は拙い言い方で尋ねる。

すると、電話先の彩葉姉ちゃんは。

『あ、白ちゃん？　ちょっと暇だから電話してみたの。当たり前だけど、本当に繋がるのが面白いわね。管理人さんっぽい受け答えもグッドだったわよ』

「そ、そっか。特に用事があるとか、そういうわけじゃないの？」

『えぇー？　用事が無いのに白ちゃんに電話をかけたら、ダメ？』

からかうような口調の彩葉姉ちゃんに、俺は何だか安心感を覚えてしまう。

こういう悪戯(いたずら)が昔から好きだったよな。小学生の頃、何度その標的にされたか覚えていない。中学生になってからは随分落ち着いたけど。

「彩葉姉ちゃん、生徒会の資料作りは終わったの？」

『うん。後は学校で印刷する前に、ちょっと調整するくらい。白ちゃんは今何をしているの？　ご飯食べた？　歯磨いた？　お風呂入った？』

「あれ？　俺今お母さんと喋(しゃべ)っているのかな？　ご飯は食べたけど、それ以外はまだ」

何だろう、この目的のない会話は……？

ああ、そうか。思い出した。

こういう時の彩葉姉ちゃんは、大体何かを「察して」もらいたがっているのだ。

「彩葉姉ちゃんはもう寝るの？　やるべきことを終えたわけだし」

『え？　えっと……そうね。退屈だし、それも悪くないかも？　だけどほら、何ていうかせっかくの外泊なわけだし、勿体(もったい)ない気もするわよね？』

「あのさ、彩葉姉ちゃん。良かったらこの後、部屋に行ってもいい？」

『いいけど？　白ちゃんが部屋に……部屋に？　わ、私の部屋に!?』

急な誘いに、彩葉姉ちゃんは露骨に驚きを見せる。

「そんなにびっくりしなくてもいいじゃん。昔は何度か彩葉姉ちゃんの部屋で遊んだこともあるわけだし」

『そうだけども！　私たち……こ、高校生なのよ？　男女が同じ空間に放り込まれて、何かこう、イベントが起きそうじゃない？』

「間違いなく起きる。だからぜひ、身体を温めて待っていてくれるかな。少しハードな夜になると思うけど、絶対に楽しいから」

『身体を！　ハードに……！　分かったわ。しっかり準備しておくから、三十分……ううん、一時間後くらいに来てくれる？　待っているからね！』

内線通話が一方的に切られ、俺は最後の言葉に首を傾げる。

「部屋が汚れているにしても、一時間も必要か？　まあいいや。俺も準備しよう」

俺は実家から持ってきていた荷物を解き、その中からある物を取り出す。

まだ使えるか分からないけど、試してみる価値はあるだろう。

多分、今の彩葉姉ちゃんが一番欲しがっているものだから。

スミカは普通のアパートと同じような造りで、各フロアにいくつか部屋がある。

一階は管理人室ともう一部屋、二階は三部屋。三階は封鎖されているが、澄華ちゃん曰く、娯楽室やパーティルームのようなものがあるらしい。

俺は階段を上ってスミカの二階に向かい、三室並ぶ内の、中央の部屋のインターホンを押してから声をかけた。

「彩葉姉ちゃん、来たよ」

「は、はい。どうぞ？」

ドアが開かれ、部屋に招いてくれた彩葉姉ちゃんから、良い匂いがした。

よく見たら少し毛先が濡れている。お風呂に入ったのかと思ったが、化粧は昼と同じで、薄くではあるが施されている。

「あれ？　彩葉姉ちゃん、シャワーでも浴びていたの？」

「へぇあ!?　ま、まあね？　湯船に浸かるほどじゃなかったけど、でもほら、白ちゃんのために準備をしたというか？」

よく見たら頬も上気している。そっか、一時間も必要な理由が分かった。今日は少し暖かったし、汗を流したかったのかもしれない。

「良かった。俺も準備万端だよ。今日は嫌っていうほど楽しませてあげるから」

「そんなに……？　私は白ちゃんを楽しませてあげられるかしら……？　高校デビューに成功したから見た目だけなら経験豊富そうに見えるけど、まだ初めてだし」

「初めて？　嘘を吐かないで欲しいな。幼い頃、俺をよく泣かせていたじゃないか」

「鳴かせていた!?　私が!?　白ちゃんを!?」

「うん。彩葉姉ちゃん、メチャクチャ上手かったから。今でも忘れられない」

「ヤバいわ。私の小学生時代の記憶と、白ちゃんの記憶。どっちが正しいかもう分からないけど、白ちゃんの言うことが事実ならそれはそれで……うん？」

　彩葉姉ちゃんは異様なほどテンションが上がっていたが、俺の手に持っている二つの長方形の物体を見て急に静かになる。

　あれ？　これを見たらもっと喜ぶと思っていたけどな。

「彩葉姉ちゃん、これ好きだったよね？　この一個前の世代だっけ？」

　俺は二つ折りのゲーム機を一つ、彩葉姉ちゃんに手渡す。

　思い出すなあ。休みの日は朝から晩まで、ずっとゲームをしていた。

「彩葉姉ちゃんはどんなゲームも上手くて、対人ゲームは負けっぱなしだったからさ。今日は久々に勝つまでやりたい！　身体はもう温まっているよね？　主に指先の話だけど」

それは昔、彩葉姉ちゃんが俺とゲームをする前に言っていた口癖だ。

身体は温まっているかな、白ちゃん？　そう言って、俺をボコボコにするのが日常だった。同級生の中ではかなりゲームが上手い俺でも、殆ど勝てなかったものだ。

「……ん！　んー！」

彩葉姉ちゃんは何故か口を一文字に結び、何かを言いたそうに俺の肩を殴ってくる。

「直接攻撃はNGだろ？　俺は椅子に座るから、彩葉姉ちゃんはベッドの上で寝転んでもいいし、自由なスタイルでどうぞ」

「んー！　んー！　んぬー！」

何が不満なのか分からないが、彩葉姉ちゃんは俺に締めの三連撃を入れて、呻きながらベッドの上に飛び乗った。少し涙目になっているのは何故だろう……？

それから俺たちは数時間ほど、懐かしいゲームに熱中した。

笑って。悔しがって。相手のプレイに悪口を言って。協力し合って、顔を見合わせて。

小学生の頃に戻ったかのような、懐かしい時間。

「あーあ、白ちゃんに最後のトドメを持っていかれちゃった。見せ場だったのに」

「おや？　彩葉姉ちゃんが俺のために譲ってくれたのかと思ったけど、違ったのかな？」

「うわー！　むかつく！　煽りプレイをするとか、白ちゃん可愛くない！」

「さっき別のゲームで俺に舐めプしていたお姉さんはもっと可愛くないけどね」

俺たちの事を知らない人が聞いたら、喧嘩をしているように見えるやりとりだけど。

互いに信頼しているからこそ、好き勝手に言い合える。仮に越えちゃいけないラインを越えても、すぐに謝って、また時間を分け合える。

気を遣わなくていい、年上の人。時に甘えさせてくれる、姉のような人。

そんな人だからこそ、俺はこの人に初恋を捧げることが、ごく自然だったと思う。

「あー、楽しかったー！」

彩葉姉ちゃんはゲーム機を置いて、背中からベッドに倒れ込んだ。

「少しは息抜きになった？」

「ふふっ……そうね。とても楽しかったわ。もしかして白ちゃん、私が誘い受けをしていたのを気付いていたの？」

「誘い受けっていう言葉は分からないけど、彩葉姉ちゃんがスミカに来た理由は、多分生徒会の書類仕事のためじゃないだろうな、って思っていたよ」

ＡＳＭＲがただの遊びであったように、彩葉姉ちゃんのスーツケースにはいくつか、

「必要のないもの」が入っていた。

買ったばかりの漫画本と小説、スマホのモバイルバッテリー。本当に作業をする人が持つべきものじゃない、暇を楽しむ道具だ。

「さっき管理人室に電話してくれた時に、それが確信に変わったかな」

空っぽの会話をしたがる時。それは彩葉姉ちゃんの癖だった。

その先にある言葉や誘いを言い出せなくて、困っている時はいつもそうだ。

年上のお姉さんぶるくせに、たまに勇気が出ない。したいことを飲み込んで、相手に身を委ねてしまう。

「これでも彩葉姉ちゃんのことは、ずっと見てきていたつもりだから」

色んなことを知っている。色んな顔を見てきた。

だから好きなゲームも知っている。小学生の頃、何度も二人で遊んだ。

好きな漫画も知っている。二人で並んで読んで、熱中した物語。

好きな人の仕草も、癖も、知っていることだらけで――。

今もずっと、俺の胸の中では一番星のように輝き続けている。

「何か色々思い出すよ。小学生の頃は、暇があれば彩葉姉ちゃんと遊んでいたよな」

過去を振り返る俺に、彩葉姉ちゃんは目を細めながら頷き返してくれる。

「私たち、それぞれの友達が都合悪くて遊べない時は大体一緒に居たわね」

「たまに深月の奴が妨害してくることはあったけどな。あいつを避けながら彩葉姉ちゃんの家に行くのはスリリングで楽しかった」

「えぇー？　そんなことがあったの？　全く知らなかったわ」

笑い合う俺たちの間には、一切の気まずさも下心も無くて。

勝手に終わらせた初恋で、相手に悟られなかったからこそ、この時間がある。

彩葉姉ちゃんのことを失わなくて済んで、本当に良かった。

一瞬だけ、俺は元カノの顔が脳裏に浮かぶ。始まったからこそ、終わってしまったあの恋は……とても辛かったから。

「ねえ、白ちゃん。私たちがこのゲームを初めてクリアした日を覚えている？」

彩葉姉ちゃんは愛おしそうに、俺が貸したゲーム機を撫でながら尋ねる。

忘れるわけがない。このゲームにはもう一つ、淡い思い出が詰まっているから。

「ああ。ラスボスを倒して感極まった彩葉姉ちゃんが、俺に抱きつきながら、『白ちゃん愛してるー』って叫びながら号泣していたよな？　当時、中学一年生だったのに」

「そうそう！　あの時、白ちゃんが照れていたのが忘れられないわ。もしかしてあの時、白ちゃんはお姉さんに劣情を抱いたとか？」

「そんな悪い笑みを浮かべながら、とんでもない質問をしないでくれ」

答えは濁そう。だって、彩葉姉ちゃんの言う通りだから。

俺はあの時、彩葉姉ちゃんのことを初めて女性として意識してしまった。

髪の匂いも、二の腕に当たる胸の膨らみも、嬉し涙でグチャグチャになった顔も、その全部が俺をドキドキさせた。

「あはは。流石に冗談よ。だけど白ちゃんもあの時くらいから、男の子から男性になったのかもね。あなたが中学に入ってからは、会う時間も減ってしまったから」

記憶の限りでは、俺が中学一年の頃までは登下校を共にすることが多かった。

彩葉姉ちゃんは滔々と語る。二人の距離が出来た、あの頃を。

「無理もないわね。私は中学に入っても地味なオタク女で、魅力的ではなかったから。それに比べて、白ちゃんは小学校を卒業するくらいから、とても格好良くなっていった」

入学式では新入生代表の挨拶をして、注目されて。

廊下や下駄箱ですれ違う度に、白ちゃんはたくさんの友達に囲まれていて。

部活では一年生の頃から活躍をしていて、テストでは毎回一桁の順位で。

「白ちゃんは私とは正反対の生き方をしていたわ。薄暗い場所で数少ない友達と学校生活を耐える、文字通り陰キャの私と、いつだって明るく人気な、陽キャのあなた……」

彩葉姉ちゃんの声は段々と弱くなっていく。

顔を上げることなく、俺から目を逸らしながら、それでも話は止めなかった。

「それでも時々、白ちゃんと登下校出来た時は嬉しかった。なのに、どうしてあなたは私を避けるようになったの？」

いつか彩葉姉ちゃんと再会したら、この話題は避けられないと思っていた。

そしてその妄想は現実となり、今こうして目の前に対峙する。

全てを吐き出してしまいたい。

「俺は、本当は」

新入生代表の挨拶をするために、死ぬほど努力したよ。見て欲しかったから。

たくさんの友達を作ったのは、魅力的な男子だってことを知って欲しかったから。

部活も勉強も全部、頑張ったのはただ一人、『初恋相手』のためだって。

全て告げて、困らせてしまいたい。だけどもう、今の何もない俺では……ただの負け惜しみや後悔にしかならないから。

「実は、彩葉姉ちゃんが誰かと話しているのを盗み聞きした」

少しだけ嘘を交えながら、真実を告げるくらいなら。

「彩葉姉ちゃんが男子と付き合う気が無いって、断言している姿を見た。だからきっと、思春期に入って彩葉姉ちゃんは異性と交流したくなかったのかな、って思って……」

きっと許される。これくらいなら、受け止めてもらえる。

距離が出来てしまった本当の理由と恋心を潜ませて、俺は彩葉姉ちゃんの答えを待つ。

「……ふ、ふっ。ふふっ。あはは！」

沈黙の中、口から漏れた笑いが室内を満たし続けた。

彩葉姉ちゃんは目尻に涙を浮かべるほどに笑い、しばらくまともに喋れないくらいに抱腹して、ベッドに寝転がる。

今の話のどこに笑いどころがあったのだろうか……？　狼狽えている俺に、ようやく呼吸を整えた彩葉姉ちゃんが顔を向ける。

「嘘でしょ？　そんな理由で私を避けていたの？」

目元の涙を指で拭いながら、彩葉姉ちゃんは信じられないと言わんばかりに、俺に話の続きを求めてくる。

「う、うん。だってほら、女子中学生って色々難しいから……？」

「それは一般論でしょう？　私をその括りに入れないで欲しかったわ。仮に世界中の男子全てを嫌いになっても、白ちゃんだけは別。それくらい、想っていたのに」

不意に告白めいた言葉をぶつけられ、俺は息が詰まりそうになる。

今更そんな笑顔で、俺を惑わさないで欲しい。誤解するじゃないか。

「……だったら、俺がちょっと陽キャになったくらいで、勝手に遠ざからないで欲しかったな。登下校の時だって、何度か俺を見て逃げたことあっただろ？」

「それなら白ちゃんだって！　一回私が手を振ったのに逃げたわよね？　あれは五百六十四日前の、私が中学三年生の頃に」

「日付まで覚えているのはこわぁい！　た、確かに俺も逃げちゃったけど」

その理由が失恋したからだって言えたら、どんなに楽だろうか。

いや、本当は失恋すらしていなかったのだ。

彩葉姉ちゃんは陰キャとして陽キャになった俺を恐れて、逃げ隠れて。

俺は俺で、彩葉姉ちゃんに失恋したと思い込んで、勝手に逃げ続けて。

「案外、ちゃんと話したら……あの時も、向き合っていれば」

「ええ、そうね。私たちは今もずっと仲良しで、もしかしたら」

あの時。もしかしたら。この言葉たちは無意味だ。

それでも思い描かないわけがない。

俺が彩葉姉ちゃんに告白をして、二人で昔とは違う『好き』をぶつけあう。

そんな幸せで、泣けるほどに愛おしい関係を。

「ね、ねえ。白ちゃん？　ちょっとお姉さんの横に座ってみない？」

彩葉姉ちゃんは自ら座っているベッドの、その横を軽く叩いて俺を招く。

断るのも変な空気になりそうだし、俺は黙ってそこに移動した。

「白ちゃん。私たち……仲直り、しよう？」

その言葉の意味も、その先に何をするかを問うよりも先に。

俺の背中に、細い腕が回される。そのまま強い力が込められて、ようやく今の状況を理解する事が出来た。

「さ、彩葉姉ちゃん……っ！」

左の頬に、自分のではない誰かの顔が触れていて。

それは俺たちの距離がゼロであることを示していた。遮るものも、何もない。

隔たりは無い。勝手に作り上げた二枚の壁は、ただ一つの『好意』で……いとも簡単に瓦解した。

「小学生の頃、喧嘩をしたのを覚えている？　きっかけは忘れたけど、私が珍しく白ちゃんを怒らせて、泣かせちゃった」

その記憶は曖昧だけど、その先の事は鮮明に覚えている。

「うん……その後、神社の裏で泣いている俺を迎えに来たよね」

「そうね。二人でよく遊んだあの場所で、私は白ちゃんに謝った。それで仲直りをするために……」

「抱きしめてくれた。覚えているよ」

あの時は彩葉姉ちゃんも一緒になって、すすり泣いていた。

仲良しだった俺たちの、数少ない大喧嘩の記憶だ。

「だから、今日もこれでおしまい。私たちのすれ違いは、終わり。明日からはまた昔みたいに、私と遊んでくれる？」

耳元で囁かれる言葉は、昼にやったＡＳＭＲなんかより、何百倍も蠱惑的で。

そして何より、初恋の傷跡を埋めてくれる。

「もちろん。中学の頃……勝手に彩葉姉ちゃんを遠ざけて、ごめん」

「ううん。私も、白ちゃんから勝手に遠ざかって、ごめんね」

しばらく俺たちはそのままの状態で固まっていたけど。

やがてどちらからともなく離れ、見つめ合う。だけど顔を合わせられたのは、ほんの数秒だけだった。

「そ、それじゃあ私！　そろそろ寝ようかしら！」

「え？　あ、ああ！　俺も管理人室に戻ろうかな。鍵は開けておくから、もし何か用事があったら来てくれていいから」

「へ？　それはあの……よ、よば」

「違うから！　内線に気付かなかったら、ってこと！　それじゃあもう夜も遅いし、また明日に！」

とんでもない誤解をした彩葉姉ちゃんから逃げるように、俺は部屋を飛び出した。

失恋してから今日までずっと、心のどこかに棘が刺さっているようだった。

だけどいざ向き合ったら、たった一日で……その棘は抜けてしまって。

「あの頃の俺は、陽キャだった、か」

今では立場が逆転して、彩葉姉ちゃんの方がよっぽど人気者だ。

中学の頃とは雰囲気が変わったし、顔も良い。胸も大きい。性格だって優しい。

今の俺では釣り合わない。努力を止め、色んなことを諦めて、逃げてきた俺では。

「それでも、俺はスミカで自分を変えるって決めたから」

光莉だけじゃない。彩葉姉ちゃんからも、逃げない。

誇れる自分になって、このスミカをお客さんと、そして自分のために新しい場所にすることが出来たら。

その時こそ、俺はまた真摯に二人に向き合うことが出来るはずだから。

◆◆【秋羽彩葉・白土就寝後】◆◆

白ちゃんとの息抜きを終えて、数時間が経った。

だけど私は未だに眠れなくて、ベッドから起きて意味も無く部屋を歩いてみるとか、何度も水を飲んでみるとか、気持ちを落ち着かせようとしたけれど。

「……ダメ、よね」

胸の高鳴りはいつまで経っても止まない。

私の方からハグをしたのに、何でこんなにドキドキしているのかしら？　私の方がお姉さんで、白ちゃんよりも余裕が無きゃ……ダメなのに！

「ＡＳＭＲ作戦で白ちゃんに私の魅力を思い出してもらって、少しだけ嫉妬もさせて、何もかも順調なつもりだったのに、おかしいわね」

小さく吐いた溜息は、他に誰も居ない部屋の中で溶けて消える。

「私の〈初恋計画〉は、上手くいくのかしら」

素敵になった私を見せて、白ちゃんを後悔させる。

過去の思い出を引き合いに出して、変わった私を見て欲しくて。

他の誰にも邪魔されない、二人だけの日々を取り戻したかった。

「それに、白ちゃんが私を避けていた理由が分かって、良かった」

私はてっきり、地味でオタクな女だから白ちゃんに見捨てられたと思った。

中学に入って、新しい季節を迎える度に格好良くなる白ちゃん。

いつも太陽のように周りを照らしているあの子が、日陰で暮らしている私から遠ざかっていくのは当然だと思っていたけれど――。

「私の些細な発言が、白ちゃんに誤解をさせちゃっていたなんて」

誰とそんな話をしたかは覚えていないけれど、少なくとも私は、意中の男子をその子に告げるのが、恥ずかしかったのだと分かる。

あの時、私が……好きな人がいると言えたら。

そしてその相手の名を。

白ちゃんの名前を口に出せたなら。

「私たちにはきっと、空白の時間は無かったわよね」

今も二人で登校をして、たまにお昼を一緒に食べて、放課後はゲームをして。

自然な流れで、私たちの関係は変わっていけたはずだ。

だけど私に勇気が無くて、遠ざかる白ちゃんを追いかけられなかったから。

「……私にとっては空白でも、白ちゃんにとっては別の色に染まった日々だった」

白ちゃんとお話出来ない。電話も出来ない。避けられるだけの日々。

まるで生きている意味を感じないくらい、真っ白で何も無い時間だった。

だけど、今日。確信してしまった。

「白ちゃんは、私以外の女の子と……一緒に過ごした時間がある」

嫌だ。嫌だよ、白ちゃん。

私はあなたが離れていくのが怖い。泣きたくなる。とても辛い。寂しいよ。

きっとこれは、私が逃げていたことへの罰だ。だからそう思えば、受け入れることは出来る。悔しさも嫉妬も、私は「次」に繋げられる。

「今度は絶対に、あなたを私以外の誰かの『大切』にはさせたくない」

気付けば、私は部屋から出ていた。

薄暗い照明の下で、私の足はただ一つの場所を目指して歩き続ける。

やがて、一つの扉の前に辿り着いた。

開けてしまえば、何かが変わるかもしれない。

だけど、開けなければきっと何も変わらない。目を背け続けるのは、もう嫌なの。

私が見ていないところで、あなたが変わっていく姿は。

どうしようもないくらい素敵で、痛くて、切ないから。

「白ちゃん……？　起きている？」

その扉を開け、私は小声で呟き(つぶや)ながら管理人室の中に入る。だけど部屋の中は常夜灯に切り替わっているせいで薄暗くて、誰かが活動している気配は無かった。

ソファに近付くと、そこで寝転がって寝息を立てている男の子がいた。

私の大好きな男の子が、昔と変わらない寝顔で。

「ふふっ。こうやってみると、本当に昔のままね」

変わってしまったものはたくさんある。

それと同じくらい、気付かないだけで変わらないものだってあるの。

白ちゃんの寝顔もそう。好きなゲームも、漫画も、昔のままだ。

「私があなたを好きな気持ちは、昔から……ううん。これからも、変わらないわ」

しゃがみこんで、白ちゃんの寝顔を間近で観察してみる。

幸せそう。大変な一日だったはずなのに、少しくらい悪戯(いたずら)しても多分起きないかも。

だから。

魔が、差した。

「『あの子』は、白ちゃんと……した、のよね」

整った顔の、その下方に目をやる。リップでも塗ったかのように、とても艶やかな色をしている唇。女の子である私よりも、柔らかそう。

怒るかしら？　本当に少しだけなら、唇を重ねてもいい気がする。

だって私、何年も待ったのよ？　白ちゃんが私を好きだって言ってくれて、見つめ合って、優しく頰に手を添えてくれる瞬間を。

目を閉じて、そのまま身を委ねて――、キスをすることを。

「だったら私も、一度だけなら」

白ちゃんの頰に、私の手が触れる。彼は気付かない。

白ちゃんの口元に、私の吐息がかかる。彼は起きない。

白ちゃんの唇に、私がゆっくりと口づけをしようとして。

「俺は……変わらないと、いけない」

彼の動いた唇に、思わず私の唇が触れてしまいそうになって慌てて飛び退いた。

音を立てそうになって、心臓が痛いくらいに膨らんでは萎んでいく。

「ね、寝言……なの？」

再び白ちゃんの頬を軽く指で突くが、起きる気配はない。

同時に、私はとても恥ずかしくて、ずるいことをしようとしていた自分に気付く。

本当に夜這い(よば)いをしてどうするのよ！　白ちゃんが私を好きじゃなかったら、今度こそ私たちの関係は終わっていたのに！

「変わらないと、か……」

私は管理人室を出て、エントランスホールの隅にあるソファに腰を掛ける。

それはかつて、私が呪いのように自分に言い聞かせていた言葉。

変わらないと。変わって、白ちゃんにもう一度振り向いて欲しい、後悔して欲しい。

二人だけの日々を思い出させるために、変わってみせる、と。

「白ちゃんも、変わろうとしているのね」

私には分からないけど、白ちゃんは今の自分に不満を抱いている。

そしてそれを解消しないと、望んでいる自分にはなれないのだ。

冴(さ)えないオタク女子だった私が、〈計画〉を動かすために、嫌いだった自分を変えようとしていたように。

「だったらちゃんと、待ってあげないとね。ふふっ」

私たちの関係がまた動き始めるのは、きっとそれからだ。

でも、だからといって何もしないわけにはいかない。

私はスマホを取り出し、手帳型カバーの中にしまった紙を取り出す。

「私の〈計画〉は、いつだって攻めだからね」

折りたたまれたルーズリーフを開いて、あの子が書いてくれた〈計画〉を見つめる。

「……〈初恋計画〉。何度見ても素敵なネーミングよ、光莉ちゃん」

だけど私は知っている。いや、知ってしまった。

私たちがそれぞれ掲げたこの恋愛計画は。

「残念だけど、どちらか一方しか達成出来ないのよね」

◆◆【千藤白土・朝のスミカにて】◆◆

翌日。目を覚ました俺は、顔を洗ってから朝食の準備をする。

本来ならスミカの宿泊者に対して、モーニングのサービスはない。

だけど相手が彩葉姉ちゃんということもあり、せっかくだから一緒に食べたかった。

「彩葉姉ちゃん。朝ごはん食べる？　軽く作ったけど」

内線電話をかけると、彩葉姉ちゃんは嬉しそうに「食べるー！」と声を弾ませてくれた。

それから間もなくして、管理人室に彩葉姉ちゃんがやってくる。

「おはよう、白ちゃん。昨日はよく眠れた？」

ジーンズにパーカー姿で、髪をポニーテールにまとめた彩葉姉ちゃんの姿に、思わず返事をするのが遅れてしまう。

「う、うん。彩葉姉ちゃんは？」

「私も快眠だったわよ。あー！　食パンに目玉焼き載せたやつ！　私これ大好きなの！」

「知っているよ。これくらいなら俺でも作れるから、試してみた。飲み物は何がいい？」

「牛乳にしようかしら。もっと大きくなりたいから」

果たしてどこを大きくする気だろうと、つい胸元を見つめてしまう。

身長が大きくなったら嫌だな……並んで歩いた時に、俺の方が小さいと格好悪い。

「ねえ、白ちゃん。昨晩は色々とありがとう。今朝もこうしてご飯を振舞ってくれて、とても嬉しいわ。こんなに楽しかったのは二年ぶりくらい！」

「二年？　それは流石に盛りすぎじゃない？」

「ううん。私にとって……それくらい真っ白な日々が多かったから。白ちゃんはもしかしたら、誰かを喜ばせるのが得意なのかもしれないわよ？」

笑顔でそう言って、トーストにかぶり付く彩葉（さやは）姉ちゃんを尻目に。

俺はある予感を覚えていた。

誰かに必要とされる自分になること。そしてスミカが、誰かに喜んでもらえる場所になること。これはどちらにとっても、きっと幸せな未来だ。

その両方を果たした時、俺は初めて胸を張って「変わった」と言えるだろう。

このアパートメントホテルを、誰かにとって幸せな空間……『ルーム』にすることが出来れば――。

だけど、あと一歩が足りない。

どうすればスミカにやってきた人を、喜ばせられるだろうか？

「あー！　二人とも、おいしそうなものを食べてずるい！」

管理人室の扉が開いたかと思えば、早朝からやってきた光莉（ひかり）が飛び込んで来て叫ぶ。

「おはよう、光莉。良かったらこれ食べるか？」

俺がまだ手を付けていないトーストを差し出すと。

「おはよう、白土（しろと）君！　いただきます！　彩葉ちゃんもおはよう！　昨日は良い夜を過ごせた？」

先にトーストを食べ終えた彩葉姉ちゃんは、ティッシュで口を拭う。

そうしてようやく、光莉に向き直る。笑みも浮かべず、真剣な面持ちで。

「光莉ちゃん。あなたに言っておくことがあるの」

「ん？　何かお願いとか？　彩葉ちゃんの頼みなら、何でも引き受けるよ！」

「ありがとう。じゃあ改めて言うわね」

その先の言葉を口にする前に、二人の間に一瞬だけ、静寂が漂った。

和やかな朝には似つかわしくない、緊張感を含んだ空気の中。

「あなたには負けないわ。私の〈計画〉は、もう止まらない」

俺には意味の分からない言葉だった。計画とは、何のことだ？

だけど光莉にはそれが分かっていたらしい。

「やっぱり……噂（うわさ）には聞いていたけど、本当だったんだね。ちょっとだけ悲しいけど、だけどそれ以上に私は、相手が彩葉ちゃんで良かったと思っているよ」

「私も知らなかった。知らないままの方が幸せだったかもしれない。あなたの過去を知ってしまったから、私たちはもう、後戻り出来ないわね」

過去。その単語が出てきて、ようやく察しの悪い俺は理解する。

彩葉姉ちゃんは、光莉が俺と付き合っていたことを知ったのだと。

その上で、〈計画〉という言葉が引っ掛かる。

果たして彩葉姉ちゃんは、何を企てて、そして――。

俺の元カノに、何の宣戦布告をしたのだろう？

「おーい、帰ったぞー……お？　朝から三人仲良くご飯か？　丁度良かった。伝えておきたいことが一つある」

不穏な空気を壊すかのように、澄華ちゃんが帰ってきた。

仄かに酒の臭いを撒き散らしつつ、俺の頭に手を置いて乱暴に撫でてくる。

「喜べ、白土。次のお客さんの予約が入ったぞ。お前の大好きな、年上のお姉さんだ」

その言葉に、全員がそれぞれ違う反応を見せる。

何故か喜色満面の彩葉姉ちゃんと。

目を丸くして何か言いたげに口を開閉する光莉と。

そしてその二人の視線をぶつけられ、困惑するしかない俺と。

「……冗談のつもりだったが、何か悪いことを言ったかな？」

場の空気を乱した澄華ちゃんと。

和やかに始まって終わる予定だったモーニングタイムは、すっかり不和な空気のままで不自然に解散の運びとなったのだった。

幕間その二　彩葉が望む恋物語

◆◆【秋羽彩葉・スミカにて白土と再会する直前】◆◆

「白土は過去に、光莉ちゃんと付き合っていたよ」

高校二年生に進級して間もない頃、私はある女の子とファミレスで食事をしていた。

久々に後輩から連絡が来たものだから少し驚きつつ、こうして待ち合わせてみれば。

「……それで？　そんなことを報告するためだけに、私をここに呼んだの？」

私はストローを弄りながら、対面に座る女子の反応を窺う。

だけど『彼女』は、とても楽しそうな顔でコーヒーを啜るのだった。

「うん。それだけ。僕は中学時代にお世話になった先輩に、お礼がしたくてね。だからあなたの想い人があなたから離れている間のことを、教えたかった」

一瞬、私は自分の眉間の動きに違和感を覚えた。だけどすぐに、平静を保つ。

「何となく、予想はついていたわ。いや、違うわね。そうなっていてもおかしくない予感を抱いていたのよ」

「へえ。それでその胸に抱いた予感から、ずっと目を逸らし続けていたわけだ」

彼女の言葉に、私は否定を返すことが出来ない。

確認するのが怖かった。白ちゃんにも、そして……光莉ちゃんにも。

私たちは互いの想い人の名前を伏せながら、ずっと互いの〈計画〉を応援していた。

その日々はとても楽しくて、忘れられない。大切な思い出。

「ええ、そうね。私は目を逸らして、逃げ続けていた。大好きな年下の男の子が、今何をしているか。誰を想っているかを……知ろうとしなかった」

白ちゃんが私から遠ざかったのは、構わない。

だけどそれを追いかけられなかったのは、私の弱さだから。

だからその結果として、白ちゃんが別の誰かと時間を分け合っても、後悔する権利なんて無い。

「でも、もう逃げ続けるのは止めるわ。私は私の〈計画〉を動かして、もう一度関係をやり直す。そう決めたから」

「難儀だね。一度終わった、あるいはお互い続きを望まなかった関係なのに、その先を見ようとするとか。僕には理解出来ないな」

「でしょうね。だってあなたは、彼と一度も関係を変えようとしなかった。居心地のいい幼馴染であり続けて、変わる事を恐れた。私以上の臆病者だもの」

露骨な挑発。あるいは罵倒にも近い言葉を受けても、しかし彼女は顔色を変えない。

「あなたが何を考えているか知らないし、興味もない。こんな報告をしに来た理由も分からないけど、一つだけ。『恋愛の先輩』からアドバイスをしてあげる」

私はグラスに入ったアイスティーを飲み干してから、ゆっくりと立ち上がる。

そして私の顔を見上げている彼女に、素敵な助言をしてあげた。

「関係が変わるのを恐れていたら、相手の変化に置いて行かれるわよ。ずっと他の誰より近い位置に居ると思い込んで、余裕ぶっているといいわ。深月」

私は財布から千円札を取り出し、机の上に置いてから席を離れた。

去り際に彼女の……白土の幼馴染である、美月深月を一瞥したけど、その顔は怖いくらいに無表情のままだった。


ファミレスを出て、私はあてもなく歩き出す、その道中で。

白ちゃんに会いたいと、心の底からそう思った。

光莉ちゃんが白ちゃんと付き合っていたことは、本当に驚かなかったけど。

その先を想像するだけで、胸が苦しくて、痛くて、涙が出そうになる。

二人はどんな告白をしたの？

二人はどんな服装で、どんなデートをして、どんな場所に行ったの？

私の知らない白ちゃんの顔を、知っている女の子がいる。

そしてそれは、私の大好きな友達で恋愛の弟子。晴海光莉ちゃん。

「……私と白ちゃんも、両思いだったかもしれないのに」

酷い自惚れかもしれない、けど。

私は光莉ちゃんよりも先に、彼と色んな事をした。

「二人で並んで登下校をした。ちょっと手が触れた時は、お互い照れちゃって」

「いっぱいゲームもした。二人でエンディングを迎えた時は、嬉しくて泣きそうだった」

「花火大会も行った。打ち上げられた花火で照らされた白ちゃんの顔は、格好良かった」

クリスマスも祝った。バレンタインも贈り物をした。お泊りもした。

お互いが無邪気に、互いを『好き』同士だった――。

「あの時のことを、白ちゃんに思い出させて……今の、綺麗になった私を見て嫉妬して欲しい。いっぱい悔やんで、照れて、もう一度、もう一度だけでも！」

私の『好き』を受け取って欲しいから。

そしてこれは、白ちゃんも忘れているかもしれないけれど。

「たった一回だけ言ってくれた、『彩葉姉ちゃんが大好き』っていう言葉を聞きたい」

最高の初恋を再開する。その時に、私の〈初恋計画〉は完遂するのだから。

「まずは白ちゃんにもう一度、接近しないとね」

先日、澄華に連絡した時、彼女が経営するアパートメントホテルの話になった。

そこから一つ、今の白ちゃんに関する情報を得ることが出来た。

もしかしたら、白ちゃんがこの街を去るかもしれないという話。そして仮に、白ちゃんがそれを拒絶したら、澄華が世話を引き受けるつもりだとも。

「とりあえず、どうなったのかを聞いてみようかしら」

私は思い付きのままスマホを取り出し、澄華に電話をしてみる。

何度かのコール音を経て、電話が通じた。

「もしもし？　澄華？　この前の話だけど、覚えている？　白ちゃんが引っ越すかもしれないっていう……」

『ああ、その話か。彩葉、白土に会いたいならお前もスミカに来い』

「え？　ど、どういうこと？　理由も無くスミカに行っても大丈夫なの？」

『理由が必要か？　じゃあ今日、ウチに泊まれ。宿泊利用をするフリをして、荷物でも持ってくるといい。白土と……もう一人、女の子が待っているぞ』

澄華の言葉を聞いて、私はすぐにその『女の子』が誰かを察した。
そこからはもう、自分がどうやって家に帰って、スミカに向かったのか覚えていない。
白ちゃんに会えるということ。
そして、最愛の弟子であり、最強の恋敵が待っているというだけで。
私の恋心は、無意識のまま走り出していた。

そして私は、宣戦布告する。

光莉（ひかり）ちゃんの〈失恋計画〉に対して。
私が思い描く〈初恋計画〉で戦うことを。
二人とも、互いの恋を応援していたけれど。叶（かな）わなかったわね。でも――。
私は、私の初恋を叶えてみせる。

第三話　世界でたった一つのルーム

「今日は光莉ちゃんと彩葉はお休みだよ、白土」

彩葉姉ちゃんの接客をした、二日後の放課後。

スミカに戻った俺は、管理人室で澄華ちゃんに突然告げられる。

「え？　だけど今日って、宿泊客が来訪する予定だろう？」

「ああ。だからこそ最初は曲がりなりにもここの従業員をやっている、お前が対応するべきだ。私も補佐はするが、今日から数日は別件でここを留守にすることが多い」

「じゃあ……本当に俺が、宿泊客と一対一で向き合わないといけないのか」

「白土が夕方帰宅してから翌朝まではそうなるな。ただ一応私は二十四時間対応出来るようにしておくから、そんなに気負わなくてもいい。お前はお前の接客をやれ」

背中を叩いてくれる澄華ちゃんだが、やはり不安は残る。

だけど、彩葉姉ちゃんに接客をして気付けたことはたくさんある。

それにあの朝、「千藤白土」ではなく、「スミカの従業員」としてお礼を貰えて、自信がついたから。

「……分かった。頑張るよ、澄華ちゃん！」

「その意気だ。さて、早速だけどお客様に自己紹介をするといい」

突如話の流れが変わり困惑していると、トイレから水音が聞こえた。

ゆっくりと扉が開き、中から澄華ちゃんと同い年くらいの女性が出てくる。

「うう……頭が割れそう。ここまで酷い二日酔いは久しぶり。あれ？　澄華さん、そちらの男の子は？」

女性は頭を押さえつつも、明朗な口調で尋ねる。

澄華ちゃんは俺に立つように促して、それから女性と向き合わせた。

「咲野さん、この子が先ほどお話ししたうちの従業員です。私が不在の間は、彼がこのアパートメントホテルの管理をすることになります」

「よ、よろしくお願いします！　千藤白土、高校一年生です！　お客様に気持ち良く過ごしていただけるよう、精一杯努力をします！」

二人で並んで挨拶をすると、咲野と呼ばれた女性はやや不信感を滲ませた目で俺を見つめてくる。中々の圧に、俺は怯みそうになるが――。

「へえ！　高校生なのにお手伝いしているの？　偉いねえ、君は！　私のことを知っているかな？」

「え？　ええっと、今日からスミカに泊まる女性、ですよね？」

「うん……そんな感じ？　私は『ルーム』関係の仕事をしていてね。それでＳＮＳのメッセージ経由である女の子から、このスミカを紹介されたの」

「ルームを探しているのに？　うちはアパートメントホテルですよ？」

今後の改装次第では『ルーム』を名乗ることがあるかもしれないが、現状は特に変わっていない。彩葉姉ちゃんが運用を勧めてくれた、ＳＮＳのプロフィールページにも、ここがルームであるとは書いていないはずだ。

「あはは。そうだね。でも澄華さんとお話したら、将来的にここをルームとして運営する予定があるって聞いたけど」

俺は澄華ちゃんを一瞥して、小さく頷いた様子を見てから答える。

「まあ、そうですね。未定ではありますけど」

「だったらいいじゃない？　私も仕事になるし、君は接客の練習にもなってお得！」

「……尋ねてもいいですか？　咲野さんの仕事って？」

「うーん。詳細は言えないけど、ＪＭＲＡとちょっと密接にお仕事させてもらっていて、それでバリバリ稼いでいるイイ女だよ」

ＪＭＲＡ。その言葉が出た瞬間、俺は背筋が伸びるのを感じた。

今後、スミカをルームにするのであれば避けて通れぬ協会。もしも咲野さんが、ルームを審査する役目を持っている人物だったら……？

「あ、そんなに緊張しないでいいよ。私がここに来たのは、仕事半分、息抜き半分だし。それに私にルームの運営を指図する権限は無いからね」

何の仕事をしているのか、謎が深まるばかりだが。

「アパートメンホテルもお客様に場所を貸す施設だから、私の中ではルームでもいい気がするけどね。私がここをリサーチしたら、評判も良かったから」

咲野さんは二日酔いを感じさせない、とても弾んだ声で語る。

そもそもスミカはリサーチしたところで、評判を知ることが出来るか怪しいけど。

「それじゃあ白土（しろと）、後は任せてもいいか？　私はこの後、別のアパートに行って住人と話す用がある」

澄華ちゃんはそう言うと、俺の返事を聞く前にバイクのヘルメットを片手に持つ。

咲野さんも友好的な人だし、俺一人でも問題は無さそうだ。

「大丈夫だよ。何かあったら連絡するから」

「よし。では咲野さん、よろしくお願い致します。念のため私の電話番号も教えておきますので、うちの従業員に不満がありましたら、お電話をください」

咲野さんに名刺を手渡して、澄華ちゃんはさっさと出て行ってしまった。

お客様と二人きりになって、緊張が滲み出てくる。とりあえず、最初にすべきことは。

「ええっと、咲野さん？　お部屋にお荷物を運びましょうか？」

「ありがとう。だけど君が来る前に、澄華さんが手伝ってくれたから大丈夫。部屋の鍵も貰っているし、今はお願いすることもないから、部屋に戻るわね」

ポケットからルームキーを取り出し、咲野さんは小さく微笑む。

それから部屋を出て行こうとするその背中を見つめていると。

「あ、そうそう。私は三日か四日くらいはここを利用する気だから、近くにあるコンビニや飲食店の簡単な地図が欲しいかな？　タクシーの番号とかもあると便利かも？」

すっかり気が回らなかった。確か澄華ちゃんには、客に聞かれる前に動けと言われていたのに、不覚を取ってしまう。

「す、すみません！　用意が出来次第、すぐにお渡しします！」

「ふふっ。急ぎじゃないから大丈夫だってば。それじゃあよろしく、お手伝い少年君」

今度こそ咲野さんは出て行って、管理人室には俺一人となる。

だけどゆっくりしている余裕はない。頼まれたものを用意しないと。

「咲野さんに快適に過ごしてもらえるように、完璧な接客をするぞ！」

叫んだ後で、俺は慣れないパソコン作業に取り掛かるのだった。

それからしばらく管理人室で作業をしていると、ドア越しにエントランスから物音が聞こえた。建物への入り口は施錠されているはずだし、来客ではないはずだ。

「……咲野さん、かな？」

確認するように管理人室を出ると、そこには予想通り咲野さんの姿があった。

エントランスにはエレベーターの近くに、腰をかけられるソファが設置されており、彼女はそこでスマホを片手に脱力しながら座り込んでいた……と、思ったら。

「あ、お手伝い少年君……ごめんね。ここ、借りるよ」

その目は赤く充血して、僅かに涙の痕が見て取れた。泣いていたのだろうか？

「咲野さん、どうかしましたか？　俺で良ければ話し相手くらいにはなりますけど……」

「ありがとう。そんなに面白い話でも無いけど、聞いてくれる？」

流石（さすが）に隣に座るのは憚（はばか）られたので、俺はその場で立ちながら頷（うなず）く。咲野さんは小さく息を吐いて、気持ちを落ち着かせてから語り出した。

「私ね、もうすぐ結婚する予定があって。高校生の頃からずっと付き合った、同い年の男性とね。あの頃は本当に良かった。二人で過ごすだけで、毎日が輝いていて……」

「ええっと。彼氏と喧嘩でもしたとか？」

「うん。ずっと喧嘩ばかり。些細なことが気になって、互いの行動に文句をつけて、せっかく同棲しているのに、楽しいことが年々減っていく」

それは俺には想像出来ない未来だ。初恋を叶えられず、二度目の恋を自ら終わらせてしまった俺には……好きな相手とのすれ違いは、経験したことがないから。

「十代の頃は何もかもが新鮮で、キスする度に照れていたのに。大人になればなるほど、互いを知れば知るほど、私たちは惰性で恋人の真似事をしている気になる」

自嘲気味に笑い、咲野さんはスマホの画面に視線を移す。俺の位置からはよく見えないが、スマホのロック画面には、誰かとのツーショットが光っている。

「だから私は趣味と仕事の『ルーム』巡りの延長で、自分の心を癒す旅に出たの。ここを知ったのは、SNSでフォロワーからある情報を貰ったから」

「さっきも言っていましたね。一体、どんな情報ですか？」

「他の空間では得難い経験をくれる場所だって聞いて、スミカの評判を調べたよ。数は少なかったけど、何年も前にここを訪れた人のレビューを見つけた」

「ちなみに、そこには何て書いてありましたか？」

「人生に迷った時に、『女神』が背中を押してくれる場所」

随分大仰な表現だと思うし、俺にはその言葉の意味するところが分からない。

過去に叔母と叔父がスミカを経営していた頃、そんな風に接客をしていたのだろうか？

「でも残念だけど、その女神は引退していてね。どうしても話を聞いて欲しかったけど、断られちゃったの。だけどあの人は、代わりに自分の後任者を教えてくれた」

咲野さんはスマホから手を離し、ゆっくりと右手の人差し指をこちらに向ける。

一瞬、背後に誰かが居るのかと思った。だけどそこはコンクリートの壁で、人が立てるスペースなど一切無い。つまり、その後任者とは。

「お、俺ですか？　いや、そんな話聞いたこと無いですよ！」

「そうなの？　でも、澄華（すみか）さんがわざわざ教えてくれたわけだから、君は君なりの方法で、私の背中を押してくれるのかもしれないよ？　ねえ、お手伝い少年君」

ソファから立ち上がった咲野さんは、俺との距離を詰めて、間近で顔を見つめてくる。

まるで値踏みするかのような、羨望と一抹の不安が入り混じった目。

「私はこの現状を、どうすればいいと思う？　結婚すべきか、逃げるべきか。教えて欲しいな。君なりの言葉で。あるいは、その行動で」

期待されるのは好きじゃない。かつては誰かに頼られることに喜びを得たけれど、今の俺が誰かに何かを与えられるとは……到底思えないから。

だけど。逃げるわけにはいかない。

「俺は……結婚すべきだと思います。ずっと続いた恋愛が、些細なすれ違いで終わりを告げてしまうのは、あまりにも勿体ないから」

これは彩葉姉ちゃんが自分の「息抜きをしたい気持ち」を見抜いて欲しがっていたのと、根本的には同じ事だ。

きっと咲野さんは、誰かに背中を押してもらいたがっている。同情と同調を求めて、色々なルームを旅しているのだと思う。それは「俺」以外の誰でも、構わないはず。

本心では彼のことが好きなのに、その想いを包み隠してしまうようなやりとりが続いただけで、ネガティブになっているのだ。

所謂、マリッジブルー。婚姻を目前にして、思い詰めているに違いない。

「そっか。そういう答えもあるよね。ありがとう、お手伝い少年君」

微笑みと共に返された言葉に、俺は安堵の息を吐き出そうとした、が。

「うーん……やっぱり君じゃダメだ。そもそもここで働き出して間もない高校生にする相談じゃないよね、これ」

困ったような声音は、悪意など微塵も感じさせなかった。

だけど咲野さんの口から飛び出た言葉は、緩慢な速度で俺の心臓を貫いていく。息をする方法を忘れ、血管が循環作業を放棄したかのように、血の気が引いて身体を冷やす。

「澄華さんにダメ元でもう一度連絡してみるね。あ、さっきお願いした地図だけは、完成したら私の部屋のドアノブにかけておいて。君に迷惑をかけたくないから」

「さ、咲野さん……！」

引き留めようと彼女の名前を呼ぶが、その先は続かない。

だけど咲野さんは気にする様子は無く、ゆっくりと階段を上がっていく。

「気を悪くしたらごめんね！　だけど本当に気にしないでいいから。仕事のことは忘れて羽を伸ばすし、お手伝い少年君も好きにしていいよ。それじゃあ、またねー」

その軽快な足取りは、俺のアドバイスが一切響かなかったことを教えてくれる。

人生で初めての、身内以外の接客。

無難にこなせると思っていた。満足してもらえると思っていたし、喜びを提供出来ると思い込んでいた。

そう、それは全て自惚れでしかなかったことに、ようやく気付いた。

「……一体、咲野さんはどんな答えを望んでいたんだ」

その答えはどこにもない。他ならぬ咲野さんの中だけにあるものだ。

俺は管理人室に戻り、倒れ込むようにしてソファに身体を預ける。

「好きな人と長年愛し合っているのに、何が不満なのか分からねえよ」

例えば彩葉姉ちゃんと。光莉と。あるいは、他の誰かと。

自分に愛する女性が居たとして、その女性も自分を愛してくれるなら。

どうして結婚を躊躇する理由があるのだろう？　好きという気持ちは有限で、いつか無くなってしまうものなのだろうか。

失恋を繰り返してきた俺には、分かるわけがない。


「その様子を見るに、随分と厳しいことを言われたらしいな？　白土」

咲野さんを失望させてしまってから、数時間後。

すっかり夜が更けた頃に帰ってきた澄華ちゃんは、どうやら事の顛末をある程度把握しているようだった。

「私のスマホに彼女から連絡が来たよ。どうか悩みを聞いて欲しいと」

「……そっか。澄華ちゃんが話を聞いたなら、これで解決だな。というか、澄華ちゃんがそんな凄い接客をしていたのを知らなかったよ」

「そう拗ねるな。可愛すぎるだろ、お前。私は大学生の頃、両親の手伝いでここに住んでいたことがある。彩葉と仲良くなったのも、その頃だ」

「澄華ちゃんが？　俺みたいに住み込みで接客をしていた、ってことか？」

知らなかった。てっきり、澄華ちゃんは大学近くのアパートで暮らしているものだと思っていたのに。

「そうだよ。私はおかしなことに、人の話を聞いて相手が求めるものを見抜く力に長けていたらしい。噂が客を呼び、客が噂を広め、いつしか私とスミカは有名になった」

「人生に迷った時、『女神』が背中を押してくれる場所……？」

咲野さんの言葉を引用すると、澄華ちゃんは鼻で笑う。だけどその顔は、それほど嫌そうじゃない。

「女神扱いされるのも悪くなかったが、私は人が嫌いだからな。両親がスミカの運営を縮小することを決めて、私もここを離れた。そうしたら」

「お客さんが来なくなった？」

「その通り。接客が得意であることと、好きであることはイコールじゃない。嫌々やっていたにもかかわらず日々色々な相談をされることに疲れていた私には、良い話だった」

このままスミカを畳もう。そういうつもりだった。

澄華ちゃんはそう言って、俺の目を見つめる。

「だが、お前が来た。白土がここを居場所にして、在りし日のスミカを蘇らせてくれる気がして……私は、両親の反対を押し切って営業の再開を望んだ」

「接客嫌いの澄華ちゃんが、どうして俺のために？」

その事実を知った俺が驚くと、澄華ちゃんは慌てて顔を逸らす。

本当は言うつもりは無かったのだろう。

わざとらしく咳払いをして、それから話を続けてくれた。

「私自身はこの場所に思い入れは無いが……両親が私と同じ名を付けて、客と共に大事にしてきた場所だ。たくさんの人の想いが宿る場所を簡単に手放すのが、惜しくなった」

普段は大人として、余計なことを語りたがらない澄華ちゃんが、本心を曝け出して。

俺にスミカを託そうとしてくれた事実に、胸が熱くなっていく。

「だから白土。このスミカをどういう空間に……『ルーム』にするのか、お客様にどういう気持ちで過ごして欲しいか。そしてそのために何が出来るかは、お前次第だ」

「だけど俺は、失敗してしまった」

咲野さんを落胆させて、これ以上踏み込むことを拒絶されてしまった。

「それに澄華ちゃんが咲野さんの相談に乗ってくれたなら、もうこれ以上してあげられることはないだろう？」

「うん？　誰が相談に乗ったと言った？　私はただ、彼女から連絡が来たと言っただけだぞ？　それからこう言ってやった」

うちの従業員は、必ずあなたの欲しがる言葉を持ってくる。

過大評価な言葉に、俺は僅かな喜びと戸惑いが混じり合った不思議な気持ちになる。

「澄華ちゃんの言葉は嬉しいけど、それを聞いた咲野さんは……？」

「半ギレだったかな。私がこんなに悩んでいるのに、どうして相談に乗ってくれないの！って。やれやれ。あの手の厄介客は昔なら追い出していたものだが」

それでも、と。澄華ちゃんは続ける。

「スミカの良さを知ってもらうために、ある約束をした。もしも白土があなたの希望を叶えられなかったら、宿泊費はタダ。それでようやく、渋々ながら頷いてくれたよ」

「そこまでして、どうして俺に咲野さんの接客をさせる？」

「私はお前が好きだからだ、白土」

突然向けられた好意に驚く。澄華ちゃんの口からは「嫌いなこと」はたくさん聞いたけれど、「好きなこと」を聞いたことがあまりなかったからだ。

「お前は人嫌いの私が信頼を置ける、数少ない男だ。身内贔屓じゃない。一人の人間として、敬愛しているよ」

「……澄華ちゃん。俺のこと好きすぎない？　そんなに評価される出来事あったか？」

「あるよ。お前は私には無い、人を本気で好きになる才能を持っている。そして人を守るために自分が傷つく行動を取れる。私にはどちらも無理だ」

言い切って、澄華ちゃんは楽しそうに笑う。

「光莉ちゃんと彩葉。二人の幸せを守るためにお前がした選択は、容易いものじゃない。自己愛からの自己犠牲じゃなくて、ちゃんと誰かを守るために勇気を出した」

「俺は……そんなに大した人間じゃないと思うけど」

「そうでもないよ。だから私とは違う方法で、あのマリッジブルーな豆腐メンタル女を納得させてみろ。白土にしか出来ないことが、必ずあるはずだよ」

しばらく会わないうちに、すっかり大人になってしまった澄華ちゃんだけど。

一足先に大人になってくれたからこそ、俺は彼女の言葉に強く胸を打たれた。

「ありがとう、澄華ちゃん。もう少しだけ……いや、咲野さんが帰る最後の一秒まで、足搔いてみせるよ」

「そうだな。それでダメなら、失敗を糧にすればいい。私も失敗だらけだからな」

こうして咲野さんの宿泊初日の接客は、大失敗に終わった。

だけどまだ、俺には出来ることがある。まずは明日だ。

自分なりの正しい答えを見つけ出し、今度こそ咲野さんに満足してもらわねば。


翌日。いつも通り学校で授業を終え、俺はスミカへ向かおうとする。

下駄箱で靴を履き替えようと、屈んだその瞬間だった。

「動いたら刺しちゃうわよ」

俺の背中に何か尖った物が押し付けられ、耳元で誰かが囁く。

普通の人なら焦るシチュエーションだろうけど、この悪戯は小学生の頃によくやられていたから慣れっこだ。

「何しているんだよ、彩葉姉ちゃん」

「えへへ。よく分かったわね、白ちゃん……あれ？」

振り返ると、そこには定規を手に持った彩葉姉ちゃんが笑顔で立っていた。

けれど俺の顔を見るなり、その笑みに陰が差す。

「何だか酷い顔をしているけど、何かあったの？」

「いや……大丈夫だよ。昨日お客さんが来たし、少し緊張しているくらいで、別に」

「白ちゃんの嘘吐き」

彩葉姉ちゃんは拗ねた口調で言ってから、スマホを取り出す。

そしてどこかに電話をかけ始めた。

「もしもし？　澄華？　急に連絡してごめん。悪いけど、白ちゃんを借りてもいい？」

唐突な提案に俺は口を挟もうとするが、彩葉姉ちゃんは俺の唇に人差し指を軽く押し当て、意地の悪い笑顔と共に発言を拒む。

『理由は？　白土はこれから仕事だぞ。遊びに連れ歩くなら、事前に保護者かつ上司である私の許可を得てくれないと困る。白土は私が守る』

スピーカーから漏れる澄華ちゃんの声に、思わず突っ込みそうになる。

昨晩辺りから急に母性上がってない？　俺、許可貰わないと友達と遊ぶのもダメなの？

「だったら正当な理由があるわ。私はスミカのコンサルタントとして、経営に口を挟む権利があるはずよね？」

『そうだな。それがスミカの利益に繋がるなら、だが』

「繋がるわ。私と白ちゃんが出かけることで、白ちゃんは元気になる。元気になった白ちゃんは、帰宅したらいつもの十倍……『いいえ。百倍は働けるはず！」

『詭弁だな。そこまでの活力を、お前が白土に与えられるのか？』

「逆に聞くわよ、澄華」

彩葉姉ちゃんは一呼吸置いて、高らかに宣言する。

「私以外には誰にも、白ちゃんをそんなに楽しませることは出来ない。幼馴染(おさななじみ)だろうが、ちょっと仲の良い女の子だろうが、ね」

『……面白いことを言うな、お前は。いいだろう。白土のことは任せる』

「ありがとう。じゃあ白ちゃんをお借りするわね」

通話を終えて、彩葉姉ちゃんはスマホをブレザーの内ポケットにしまう。

それからすぐに、俺の手を握って走り出そうとする。

「さあ、行くわよ。白ちゃん！　今日は私のとっておきの、素敵なルームに案内してあげるからね！　ふふっ」

無理やり引っ張られて、履きかけの靴は脱げかけ、転びそうになる。

「さ、彩葉姉ちゃん！　急に走ったら危ないって！」

「大丈夫！　私が転びそうになったら、白ちゃんが支えてね！　代わりに私は、白ちゃんをいつだって一歩先で見守ってあげるから！」

だけど、右手に伝わる温(ぬく)もりがその全てをかき消すほどの、高揚感を与えてくれる。

それはまだ、俺たちが互いに恋心を自覚する前。

無邪気に手を繋いで走り回っていたあの日々を、思い出させてくれた。

彩葉姉ちゃんは『ルーム』に案内してくれると言っていた。

そのはずなのに、俺が連れてこられたのはどこかの建物の中でも、室内でもなく。

「着いたわよ、白ちゃん。ここが私の大好きなルーム」

俺たちが通っていた小学校の近くにある、細い路地いくつかを抜けた先。

雑木林に囲まれた、人の気配が一切無い静謐な神社だった。

「ここは……昔、俺たちがよく遊んでいた場所だよね」

思い出す。夏の暑い日、セミの鳴き声が耳障りな音楽になり、木々の間に降り注ぐ木漏れ日は、まるで舞台を照らす照明のようだった。

ここは二人だけのステージ。彩葉姉ちゃんと、俺だけの秘密の空間。

「白ちゃんが覚えていてくれて、良かった。中に入りましょう?」

彩葉姉ちゃんはそのまま境内に入る。ここは手水舎と小さな本殿がある神社で、常駐する神主さんなどはおらず、参拝する人も多くは無い。

だからこそ、俺たちは大人が立ち寄らない、ここで遊ぶことが多かった。

「はい、白ちゃんもどうぞ」

先んじて歩いていた彩葉姉ちゃんが賽銭箱(さいせんばこ)の横、拝殿に続く小さな階段に座る。

懐かしい。よく二人で横並びになって色々な遊びをしたな。カードやゲーム、漫画。逆に道具を使わない、昔ながらの遊びとかも。

そして、ここには……その中でも一際輝く、大切な思い出がある。

「ここで色々なことをしたよね。彩葉姉ちゃんと遊ぶ時は、大体お互いの家か、あるいはここだった気がする」

横に座って口を開いた俺に、彩葉姉ちゃんは強く頷(うなず)き返す。

「幼い私たちにとって、この場所は二人だけの世界だったわね。白ちゃんはここに来たのはいつ以来？」

「記憶が確かなら小学四年生、だったかな？」

「そう。白ちゃんはあれ以来なのね。私はたまに来るの。悩んだ時とか、スミカに行く気分じゃない時は、この階段に座って空を見上げてみる」

彩葉姉ちゃんが俺たちの真上を指差す。木々が途切れて、青空が見える。これから次の空に時間を譲るために、ゆっくりと色を変えていく途中だった。

「何かが起きるわけじゃないけど、何も起きないからこそ、リラックスが出来る。地球上のどこを探しても、私にとってこれ以上のルームは無いかもね。ふふっ」

「他にいくらでも、ＪＭＲＡ公認の快適な空間があるのに？」

「ええ。ルームに何を求めるかは人それぞれだけど、私は刺激よりも癒しが欲しい。どこに居るかより、どう過ごすかの方が大事。そして隣に大切な人が居れば……」

彩葉姉ちゃんの綺麗な横顔が、ゆっくりとこちらを向く。

ほんのりと上気した頬。照れた顔。恥じらいを隠すための笑みを浮かべて。

「私は、それ以上を求めない。だから久しぶりに白ちゃんとここに来られて、とても幸せ」

「俺たち、一回大きな喧嘩をしたのを覚えている？」

俺の言葉が予想外だったのか、彩葉姉ちゃんは目を丸くして驚く。

「スミカでも話したけど、あの日喧嘩した俺は泣きながらここに逃げてきた。世界中の誰だって、ここに居たら俺を見つけられないと思ったから。だけど」

「……私が、あなたを見つけたのよね。そしてハグをした。スミカで話したのは、ここまでだけど。その先の出来事を、覚えている？」

他の友達や先生、あるいは親よりも。俺のことを知っているお姉さんが、すぐに駆け付けてくれた。

仲直りをした俺たちは、その後に——。

「彩葉お姉ちゃんにお礼を」

「違う」

言葉を遮られて、俺は自分の記憶が正しくないことを初めて知った。

あ、あれ？　あの後、何を言った？　ありがとうじゃない、別の言葉か？

「えーっと、謝った？」

「違う」

「じゃあ、お詫びに何かをあげた？」

「貰ってない」

「ふ、二人で今後は喧嘩をしない約束を」

「してない」

思いつく限りの言葉を並べるが、しかしどれも空振りを繰り返す。

気付けば、彩葉姉ちゃんは不機嫌な横顔になってしまっていて、俺と一切目を合わせようとしてくれない。

だが、突如その凍てついた横顔は、噴き出た小さな笑いと共に明るいものへと変わる。

「……ふふっ。そんなに慌てなくてもいいのに。白ちゃんが忘れてしまう程度には、他愛のない話だから、気にしなくていいわ。私たちに大事なのは、過去じゃない」

突然、手を握られた。膝に置いていた俺の手に、小さな手を重ねてきた彩葉姉ちゃんに思わず口を開きそうになって、黙り込む。

だって彩葉姉ちゃんは、とても神妙な面持ちをしていて、手を震わせていたから。

「私たちには、思い出がある。記憶がある。たくさんの楽しいことや、少しの不和があって、だけどそれは……『今』の私たちを作る、大切なもの」

だからどれも否定したくない。

そう言ってから、彩葉姉ちゃんは話を続ける。

「でも幸いなことに、私たちの間に亀裂は無かった。離れていただけで、関係は昔のままだった。だから私は、白ちゃんに一つだけ望むことがある」

そして秋羽彩葉は俺に告げる。ただ一つ抱く、その理想を。

「私は白ちゃんと『続き』がしたい。終わっていないから、やり直しでもない。ここで仲良くしていた二人の少年少女が作る日々の……その先を、二人で築き上げたい」

始まっても、終わってもいない俺たちだからこそ。

繋がりを失っていない、【恋愛未満】の二人なら――。

続きが、出来る。

「ありがとう、彩葉姉ちゃん」

俺はその小さな手を握り返し、真っすぐに彩葉姉ちゃんの目を見つめた。

男女が二人向き合えば、この先に甘い展開の一つでも待っているのかもしれない。

だけど俺たちがそうなるには、足りないことだらけだ。

「これからも、色んなことを一緒にして欲しい。昔みたいに」

「……うん！　私も、白ちゃんと一緒に色んなことをしたい！　だから聞いてくれる？

私のお願いを」

彩葉姉ちゃんは沈黙を待たずに、その願いを口にする。

「白ちゃんには笑っていて欲しい。辛くても過去を無かったことにしないで、向き合って、
そしてそれから――」

もう一度、私とたくさんの思い出を作りましょう？

とても嬉しそうな笑顔を見て、俺はその顔に強く胸を打たれる。

「……分かった。俺がそれを叶えられるように、少しだけ待っていて欲しい」

「ええ、待つわ。ずっと待っていたから、今更ちょっと長引くくらい、平気」

やっぱり彩葉姉ちゃんは、昔と変わらないな。

「ところで、話が脱線しちゃったけど……少しは息抜きになった？　白ちゃん、例の宿泊
客のことで悩んでいたのよね？」

彩葉（さやは）姉ちゃんに現実に引き戻され、俺は思わず笑ってしまう。だけど嫌じゃない。ここに来る前は咲野（さきの）さんのことで頭が一杯だったけど。

「大丈夫。すごく良い気分転換になったから！　俺一人だと、どうにもならなかったと思う。だけど彩葉姉ちゃんにすべきことを教えてもらえたよ」

「えへへ？　私役に立った？　それなら嬉（うれ）しいわ。さて、それじゃあそろそろ帰りましょう。これ以上白ちゃんを連れ回していると、怖いお姉さんに怒られちゃうから！」

俺は彩葉姉ちゃんに手を引かれ、立ち上がって歩き出す。

そしてその手が、自然と繋（つな）がっていることに気付く。まるでそれが当然のように、子供同士が無邪気に相手に触れるように。

彩葉姉ちゃんとの関係を、再開出来てよかった。

神社を出たら、どちらからともなく繋いだ手を離したけれど。

きっと、今日俺たちの間に生まれたものは、明日も続いていく。

自宅に帰る彩葉姉ちゃんと別れ、スミカに戻った俺は管理人室に入る。

中では澄華（すみか）ちゃんが困ったような顔でスマホの画面を睨（にら）んでいた。

「ただいま、澄華ちゃん。どうかしたのか？」

「ああ、白土か。いや……光莉ちゃんがボランティアに来なくて、連絡をしてみたが一向に返事が無い。学校には登校していたのか？」

「どうかな？　俺はクラスが別だから分からないけど、深月に聞いてみるよ。あいつは俺と違って他クラスにも友達が多いだろうし、すぐに分かると思う」

深月に光莉のことを尋ねるメッセージを送ると、予想通り五分もしないうちに返事が来た。人脈が広くて羨ましいな。俺は死人レベルに脈が無い。

「……え？　光莉、今日は学校にも来ていないらしい」

「そうか。それに全く返事が無いのも心配だな。よし、白土。行ってこい」

「は？　行ってこいって、どこに？」

「家だ。光莉ちゃんの家に行って、様子を見て来いということだ」

「い、いやいや！　流石にそれは！」

その提案に俺は慌てて拒絶しようとするが、澄華ちゃんは。

「昔から物語のヒロインは、いつだって自分を迎えに来てくれる王子様を待つものだ。本当に弱っている時こそ、そんな夢を見る」

普段は飄々としている澄華ちゃんが、柄にもないことを言うものだから。

「……行ってきます。あっちに行ったりこっちに行ったり、迷惑かけてごめん」

「気にしなくていいさ。青春は、紆余曲折の末に答えを見つけるものだ」

俺はスミカを出て光莉の家に向かった。

かつて通っていた中学校の近くにある、住宅街の一角。そこに光莉の家はある。

普通の一軒家で、周りの家屋にすっかり溶け込んでいる家。だけど俺の目には、他のどんな家よりも目を引く。

「ここに来るのも、一年半ぶりか……うーん」

光莉を家に送ったことは何度もあるが、家に入ったのは一度だけだ。

その一度も長居をしたわけではないし、光莉の母が家に居たから特に何かが起きたわけでもない。健全な時間だった。

「メッセージは既読にならないし、インターホンを鳴らすしかないか」

スマホの画面を消して、俺は込み上げてくる緊張を抑え込みながら指を動かす。

ベルの音が家の中から、ほんの僅かに聞こえてきて、そしてドアが開き——。

「あら？　白土君？　久しぶりねぇ。元気にしていた？」

出てきたのは光莉の母だった。一年半ぶりの再会に、変な声が出そうになる。

「あ、ぇ。ひ、久しぶりです。あの、光莉って家に居ますか？」

「ええ、居るわよぉ。体調悪いとか言って学校休んじゃったの。お昼には元気になったみたいだけどね。白土君はお見舞いかしら？　ほら、上がりなさいな」

「は、はい。お邪魔します」

「私はこれからパートに行くから、若い二人でお留守番よろしくね？　うふふ」

俺を家に入れて、光莉の母はそのまま外出してしまった。忙しい人だな……。

「とりあえず、光莉の部屋に行くしかないか」

鼻腔（びこう）を刺激する、他人の家の匂い。だけど嫌な匂いじゃない。丁寧に掃除された光莉の家は、相変わらず何かの花のような、良い香りが漂っている。

玄関で靴を脱ぎ、目の前にある階段を上って二階に向かう。

今でも覚えている。光莉の部屋は、廊下の突き当りにあることを。

「……よし」

ドアの前で深呼吸をしてから、俺は軽くノックをする。

だけど返事は無い。具合が悪くて寝ているのだろうか？

しかし先ほど会った光莉の母はそんなこと言っていないどころか、ゆっくりしていってとまで言い切ったわけだし。

「光莉。開けるぞ？」

中に入るのは良くないが、声をかけてドアを開けるくらいはいいだろう。

ゆっくりとドアを開けると、整理整頓された部屋が目に飛び込んで来る。

白とピンクが多めの部屋。壁際に設置された本棚と勉強机。セミダブルの広々としたベッドに、昔は無かったはずのドレッサー。

そして部屋の中央には、ミニテーブルと座椅子があって。

「いらっしゃい、白土君」

そこには私服姿の光莉が座っていた。学校を休んだにもかかわらず、顔色は平常だ。

訳も分からず立ち尽くしていると、光莉は嬉しそうに手招きする。

「来てくれて嬉しいよ。白土君も座って？」

「おばさんに聞いたけど、体調はもう大丈夫なのか？」

座りながら尋ねると、光莉はその笑顔に困惑を滲ませた。

「え、えへへ。実はサボるための嘘だったの。いけない子だよね、私。だけど学校も、スミカのボランティアもサボったら……白土君が、迎えに来てくれるかも、って」

「そんなことをしなくても、呼ばれたら迎えに来るくらいはしたぞ」

だけどわざわざここに、自分の部屋に俺を招いたということは——。

「うん。でも、二人で話がしたかったから。澄華さんも、彩葉ちゃんも、深月ちゃんにも邪魔されない場所は、この『部屋』しかないと思って」

「部屋、か。光莉はこの部屋で、俺に何を話すつもりだったのか。教えてくれ」

「……昔話。私と白土君がお別れをした、その真実を知りたいと思ったの」

かつて俺は、雪の降る寒い日に光莉を呼び出し、その場で別れを告げた。

だけどその理由は語らず、光莉もまた、それを聞こうとはしなかった。

「聞いて欲しいの、白土君。私の……大きな告白を」

◆◆【晴海光莉・自室にて　白土との対面】◆◆

私の目の前に座る白土君は、ただ黙って次の言葉を待っていた。

少し緊張しているのか、その拳は強く閉じられていて。

私は白土君に、今から告白をする。だけどそれは、形の違う告白。

「あの日、私は白土君が切り出したお別れに、何も聞かずに受け入れちゃったよね」

白い雪が舞う中、白土君が震える声で絞り出した言葉。

まだ覚えている。雪を見れば思い出すのは、あの日のことばかり。

弱い私は、白土君に全てを背負わせた。本当は、私がすべきことだったのに。

「私は白土君が好きだった。この先、あなた以上に好きになれる人とは出会えないと思っていたし、それは高校生になった今でもそうだよ」

私の目に映る白土君は、何の言葉も、気持ちも挟もうとしない。

ただゆっくりと、無言で私の告白を聞いてくれている。

「だけど私は、弱かった」

白土君と付き合った私は、舞い上がって一人の女の子に報告してしまった。

あの子には伝える義務があったと思う。だから私は、あの子にだけ真っ先に伝えて。

そしてそれが多分、全ての始まりだった。

「しばらくして気付いたの。あの頃は友達が少なかったけど、その子たちが話しかけてくることが減ったことに。いつも自分から話しかけてばっかりになっていた」

些細な変化。私の周囲の人間関係は、ゆっくりと壊れ始めた。

「白土君と付き合って三か月。秋になる頃には、私は殆ど友達が居なくなっちゃった。でも声をかければ返事をしてくれるし、話も出来る。だからいいやって思っていたけど」

まだ覚えている。圧し潰されそうだった私の心に、重くのしかかってきたあの事件を。

白土君とクリスマスイブに、二人でするデートの話し合いを、こっそり空き教室でしたその帰りだった。

「私の下駄箱に、お手紙が入っていた。最初はイタズラかと思ったけど……全然違う。私への正直な気持ちを書き連ねた、私へのお願いだった」

その手紙は何人かが連名で書いたもの。

悪口や嫉妬じゃなくて、ただひたすらに、その子たちの『想い』が書き綴られていた。

私は中学一年の頃から千藤君が好きだった。私は二年生から。私は部活で活躍する彼を見てから。この日にこんなやりとりをした。別の日にはこういうやりとりを……。

「それは白土君と、その子たちとの思い出が詰まった手紙だった。何枚もの便箋を埋め尽くすような思いを経て、最後にこう書いてあった」

だからあなたが千藤君を私たちが思っている以上に幸せに出来ないなら、別れて下さい。

「きっと今なら、その手紙を笑いながら捨てられるかもしれない。あなたたちより、私の方が白土君を何百倍も好きだから！　って、宣言しながら。でも……私は」

私は、その重圧と責任に耐えられなかった。

これが私の、『罪』の告白。

「だから私は、白土君と別れてしまった。今思えば誰かに相談するとか、それこそ白土君と話し合えば変えられた未来があったかもしれないのに、こうなったのは全部……」

全部私が弱くて、愚かだったから——！

だけどその叫びを口にするよりも先に、白土君は私の話を遮った。

「違うよ、光莉。俺が弱くて、愚かだったからだ」

そして私が漏らそうとした叫びと、全く同じ言葉を口にする。

口を開いた白土君の目は潤んでいて。

その涙には、どんな思いが込められているのだろう。

「同じクラスで恋人だから嫌でも分かる。光莉が日々浮き始めて、孤立しかけていることに。暴力や暴言が無いだけで、あんなのはイジメみたいなものだ」

気付いていた？　白土君が？　じゃあ、どうして。

「深月にも根回しして女子たちに止めるように言ったけど、効果は無かった。だから俺は決めたんだ。このバカみたいな状況を変えるために」

光莉との別れを。

白土君が告げた言葉に、私は胸が張り裂けそうになった。

私は勝手に、他の理由で振られていたと思っていたから。

「白土君は……私を守るために、私と離れたの？」

「そんなに格好いいものじゃないよ。光莉が俺と付き合って辛い思いをするくらいなら、俺と関わらないで平和な生活をして欲しいと思ったから」

だけど、と。白土君はそれで終わらせず、後悔を語る。

「俺も光莉と同じだ。一人で抱えずに、ちゃんと光莉と向き合って……二人で悩んで、俺たちの関係を貫ける道を探すべきだった。だから、謝らせてくれ」

ごめんな、光莉。

頭を下げる白土君に、私は自分の罪がどれほど重かったのか、今更になって気付く。

白土君は私を守るために。だけど私は、自分を守るために。

なんてバカなんだろう、私は。

白土君に振られたから、いい女になって〈失恋計画〉を実行して、それでもう一度惚れてもらおうなんて――。

全部私の勘違いも思い上がりも、いいところじゃないか。

「白土君……っ！　白土、くん」

気付けば私は、白土君に抱き着いてしまっていた。

彼の大きな背中に手を回して、人生で一番の力を使って抱きしめる。

感謝と、後悔と、精一杯の愛が全部伝わるように。

「ごめん、ごめんね……ごめんなさい、白土君」

だけど口から出てくるのは、同じ謝罪ばかりで。

「白土君に嫌な役を押し付けちゃって、ごめんなさい。私が切り出すべきだった。私が自分に傷を付けるべきだった。なのに、白土君は、白土君は……！」

自ら全てを背負って、終わらせた。

私のために、自分の持っている何もかもを捨てて。

ごめんね。

ありがとう。

大好きだよ。

今までも、これからも。ずっと、ずっと愛しているから。

どうか私の罪を、許して欲しい。あなたの重荷を、少しでも私に背負わせて欲しい。

そう言いたいのに、言葉は嗚咽になってしまう。こんな短い台詞も伝えられない。

「泣かないでくれ、光莉」

白土君は私を抱きしめなかったけど、代わりに頭を優しく撫でてくれる。

それだけなのに、乱れていた私の声も、心も、全て落ち着いた。

「俺が勝手にしたことだから。それに、したかったことだから。愛しい恋人を守れるならどんな痛みも思いも、俺が全部背負うべきだと思っていたよ」

「しろと、くん……っ、ひ、っく。な、なんで……そんなに」

「それくらい、あの頃の俺は光莉を好きだったからだよ。それに光莉も、俺のことを想って別れようとしてくれたわけだろう?」

「わ、私は自分勝手な気持ちと、誤解で……!」

「違うさ。多分光莉があのまま俺と付き合っていたら、次は俺が嫌がらせの対象になっていたかもしれない。叶わぬ片思いはいつか、憎しみになる。だから」

ありがとう、光莉。

全部私が悪いはずなのに、全部自分で受け入れて、全部勝手に解決して。

私の元カレ……ううん。

私の『彼氏』は、本当に何もかも格好良すぎるよ。

「寧ろあの日、理由も聞かずに素直に去って行った光莉に内心死ぬほど焦ったけどな!ああ、何か知らないけどやっぱり俺、嫌われていたかもしれない。って!」

笑いながら言う白土君に、私は彼の胸元に顔を埋めたまま首を横に振る。

「白土君のことは……全部好きだもん」

「そうか。俺も光莉のことは、全部好きだ」

そう言った白土君の声は、安堵に満ちていた。

きっと、白土君は白土君なりに悩んでいたし、今日まで怖がっていたのかもしれない。

だけど時間が経って、ようやく気付いた。

私たちは、ずっと互いを想い合って行動したのだ。

「あのー……な？　光莉？　そろそろ離れないか？　ぶっちゃけ、密室で男女二人がくっついているのはかなり心臓に悪いというか、寧ろ血流は良くなるが、その」

言葉を選ぶ白土君に、私は今の状況がとても恥ずかしいことに気付いた。

「ひ、ひゃい！　ご、ごめんね！　彼女でもないのに抱きしめちゃって！」

飛び退いた私に、白土君は顔を真っ赤にしながら照れている。

ああ。きっと私も今、全く同じ顔になっているだろうなあ。

「いいよ、別に。ところで……どうして今日は、あの日のことを話したんだ？」

小さく首を傾げる白土君に、私は本当のことを話そうか悩んだ。

だけど、これは私の……『私たち』がそれぞれ決めたことだから、やめておこう。

「白土君と最近仲良しだから、もっと仲良しになりたくて！　えへへ。ダメかな？」

私の言葉に、白土君はたじろぎながら「ダメじゃないけど……」なんて、もごもご言いながら照れている。その姿がとても可愛くて、愛おしい。

これで『私たち』が彼にしてあげられることは、全部だよね。

白土君が背負っていたものを下ろして、今抱えている悩みにちゃんと向き合うことが出来るかな？

ねえ、彩葉ちゃん。あなたは、過去と決別出来た？

それは、昨晩のことだった。

真夜中の電話に目を覚ますと、ディスプレイに表示されている相手の名前を見て、眠気が吹き飛んだ。

「もしもし。彩葉、ちゃん？」

ベッドライトを点けて、控えめな声量で尋ねてみる。

『光莉ちゃん、こんばんは。少しだけお話出来る？』

「うん。私も彩葉ちゃんとお話したかった。この前スミカで会ったきりだったから」

言葉を交わすのはあの日の朝、スミカで彩葉ちゃんと対峙した時以来。

「あの宣戦布告は何だったの？　もう少しで白土君に色々気付かれていたでしょ！」

『ご、ごめんなさい。ほら、ああいうのって相手の前でやるからこそ、こう……見栄え的なのが良くなるじゃない？　だからつい、ね？』

「彩葉ちゃんは昔から無茶をしすぎ！　前に二人でお化粧品買いに行った時も、高いコスメを勝手に試そうとして、ビューティアドバイザーの人に怒られたでしょ！」

『あれは私の大好きな光莉ちゃんに可愛くなってもらいたかったから？』

「え？　あ、ありがとう。ねえ……彩葉ちゃんは、私と白土君の関係をいつ知ったの？」

和やかな雑談に移行しそうだった空気を、私は自ら壊した。

だけど彩葉ちゃんは極めて淡々と、返事をしてくれる。

『スミカに泊まりに行く、二時間くらい前よ。性格の悪い後輩に呼び出されて、わざわざ教えてもらったわ。あなたも、私と白ちゃんのことを知っているのよね？』

「……うん。私は友達から聞かされたの。白土君は彩葉ちゃんが好きだったけど、失恋したって」

『へぇー？　それで私が白ちゃんと離れている間に、彼を掠め取ったのね？』

「あ、あぅ。それは、あのね？　別にそういう泥棒猫ムーブをしようとしたわけでは」

いや！　白土君が傷心状態なのは知っていたけども！

相手が彩葉ちゃんなら、白土君に告白なんて……！　していたかもだけど！

『冗談よ。光莉ちゃんがそんなに性格の悪い子じゃないって知っているから。今も昔も、私はあなたのことが好きだから』

「私も……彩葉ちゃんが好きだよ」

『うふふ。じゃあいっそ、付き合っちゃう？　可愛い男の子のことは忘れて、二人でイチャイチャするのもいいかもね。妄想するだけで尊すぎて昇天しちゃう』

「ぇあ？　わ、私女の子同士の恋愛したことないけど……だ、大丈夫かな？」

『冗談にマジで返すところが、光莉ちゃんのいいところよねえ』

「か、からかわないでよぉ！　彩葉ちゃんのいじわる！」

彩葉ちゃんは笑う。だけどすぐに「それより」と、話を本題に戻した。

『二人で過去に〈計画〉を立てた時に、一緒に考えた切り札のこと……覚えている？』

切り札。それは私が彩葉ちゃんの、彩葉ちゃんが私の〈計画〉における、好きな相手を絶対に意識させるプランのことだ。

「もちろん！　彩葉ちゃんのプランは『初恋の神社デート』だよね」

『そうね。光莉ちゃんのプランは『マイルームデート』だったかしら』

大切な相手の中に残っている、大事な思い出を二人で触れ合って。

改めて好きだった女の子のことを意識させる。それが切り札だ。

だけど何で、彩葉ちゃんは今更になって切り札の話を——？

『この切り札を、お互い明日使わない？』

一瞬の思考の後で、彩葉ちゃんの言葉が頭の中を駆け巡る。

「このタイミングで？　白土君、確か今日から宿泊するお客様の相手をしていると思うけど。忙しい中連れ出すのは良くない気がするよ？」

『さっき澄華に聞いたけど、白ちゃん、どうやら接客を失敗したらしいのよね』

「そうなの？　知らなかった……白土君、昔から何でも出来る反面、失敗すると結構凹んじゃうタイプだから心配だ」

『実際その通りみたいよ。だからこそ、この切り札を使いたいのよ。今の私たちの存在と過去は、白ちゃんにとって重荷になっているはずだから』

確かにただでさえ住み込みバイトで忙しいのに、そこに『初恋相手』と『失恋相手』が関わっている状況は、多分精神に良くないよね……。

『だから私たちが抱えている過去に、区切りをつけましょう。白ちゃんには迷惑をかけたくないから』

「理由は、本当にそれだけ？」

私の指摘に、彩葉ちゃんは沈黙する。

だけどしばらくの沈黙の後、ようやく電話口の向こうから言葉が返ってくる。

『全部、まっさらにしたいの。そして私は、その後で前に進みたい。何より、好きな人が困っている姿なんて、見たくないから』

「……私もそうだよ、彩葉ちゃん。私も、白土君には前向きでいてほしい。それこそ私たちが好きだった頃のように、明るくて穏やかな気持ちを忘れないでほしい」

きっと、今の白土君は私たちとの恋愛を経て、辛い思いをしているだろうから。

私と彩葉ちゃんは、たった一回の苦い思い出になったけど。

白土君はその倍。二回も苦い思い出を作ってしまったから。

たくさん積み重ねた努力を諦めて、憧れの人の邪魔にならないよう、初恋を封印して。

大切だった恋人を守るために、二回目の失恋を自ら作り上げた。

とても強くて、愛おしくて、大好きな人。

「だから今度は私たちが！」

『彼を、幸せにしてあげないとね！』

二人が見据える先、〈計画〉の終着点が同じであること再認識して。

私たちはどちらからともなく笑って、それから続けた。

「過去のわだかまりや誤解を清算したら、白土君も私たちと同じ答えを、見つけてくれているかな？」

『当たり前じゃない。私たちが惚れた男の子だもの。そんなに見くびっちゃダメよ。だけどもし、彼が……私たちと違う答えを出していたとしても』
『私は、光莉ちゃんを信じているから』
「私も、彩葉ちゃんを信じているから」

互いの意志を確認して、私たちは明日の話に戻る。

『じゃあ、決まりね。順番はどうする？』

彩葉ちゃんの嬉しそうな声音に、私もつい声が弾む。

「ジャンケンしようよ！　言い争いにならないように、勝った方が先ね！」

『負けても泣かないでよ？　白ちゃんは惚れやすいから、先に切り札を使った方が断然有利だからね？』

「いやいや、私は彩葉ちゃんと違って白土君と付き合っていたのでぇ？　でへへ！」

『グーを出すわよ。ジャンケン的な意味じゃない、マジのグーを』

「わー！　ごめんなさい！　そ、それじゃあジャンケンしようか？　ジャン、ケン……！」

ああ。やっぱり楽しいな。大好きな友達と、大好きな人の話をするのは。

◆◆【千藤白土(せんどうしろと)・光莉(ひかり)の家の前にて】◆◆

「今日は来てくれてありがとう、白土君！」

いつもの調子に戻った俺たちは、外がすっかり暗くなっていることに気付き、解散することになった。

澄華(すみか)ちゃんに仕事を任せっきりだし、早めに戻らないといけないな。

「俺の方も、ありがとう。光莉に大切なことを教えてもらった」

「えー？　そうかなあ。でも白土君が喜んでくれるなら、私はそれだけで嬉(うれ)しい！」

玄関で立ち話をして、名残惜しさをその場に置き去りにする。

そろそろ頃合いだと互いに察して、俺は門扉を開けて路地にでる。

「白土君！」

そのまま立ち去ろうとすると、光莉が最後に声をかけてくる。

「何かあったら、白土君も私たちを頼ってね！　いつだって力になる。どんな時も隣に居るから、忘れないで！　それじゃあ、また明日！」

笑顔で手を振って、光莉は俺が歩き出すまで見守ってくれた。

俺も「また明日な」とだけ返して、スミカに続く道を歩き出した。

「……『私たち』、か」

変な日だとは思った。彩葉姉ちゃんに誘われて、それからすぐに光莉の家にも来て。

きっと、これは二人が俺を元気づけようとしてくれたのだろう。

そして二人とも、中途半端に終わった過去と決別することを望んでくれた。

彩葉姉ちゃんとは、『続き』を選ぶことが出来たけど。

「だけど、光莉と俺は……」

別れの原因が明瞭になった今、俺が好き避けをする理由は無くなった。

だけど光莉は自分の『ルーム』で、この先の関係に言及することはなくて。

もしかしたら、俺に未来を委ねたのかもしれない。

「でも今は、咲野さんのことだな」

向き合うべき相手は、過去の恋愛を共有した二人じゃない。

乗り越えるべき壁は、目の前にある。スミカを再建するための、第一歩。

そして俺が、二人に誇れる自分になるための、最初の試練だ。

「おかえり、白土。行ったり来たりで大変だったな」

スミカに戻ると、俺の帰宅を待っていた澄華(すみか)ちゃんが出迎えてくれる。

スーツ姿ではなく、部屋着なのを見ると、今日は泊まっていくらしい。

「ありがとう、澄華ちゃん。すっかり夜まで待たせちゃった」

「いいよ。十代の一日と、二十代の一日は重みが違う。お前たちはその年齢にしか出来ない日々を重ねて、大人になっていくものだ。大人になってからは、経験出来ない日々を」

缶コーヒーを啜(すす)りながら向けられた、澄華ちゃんの言葉に。

俺の直感が、ある疑念を生み出した。

「……一つ、聞いてもいい？」

「なんだ？　私が教えられるのは、悪いことばかりだぞ」

「澄華ちゃんの年齢になったら、俺たちのような恋愛は出来ないのか？　大人の恋愛と高校生の恋愛って、一体何が違うんだ？」

「それを人嫌いの私に聞くのか？　とはいえ私も最低限、恋愛によく似た何かを経験しているから、答えられないこともないけど」

それでも澄華ちゃんは大人として、子供である俺に慎重に言葉を選んでくれる。

「大人にとって、恋愛は甘く楽しいだけのものじゃない。私くらいの年齢になれば、将来に悩む男女が増える。出会いの場が減る一方で、結婚適齢期は近付いてくるからな」

「それが大きな違い？」

「いや。それ以外にも相手の収入や社会的地位、実家や親類の問題だとか、現実的なメリットとデメリットを秤にかけるようになる。要は恋愛のハードルが跳ね上がるのさ」

恋愛のハードル。

それはまだ中学を卒業したばかりの俺には、理解が及ばない話だ。

「白土。例えばお前は、光莉ちゃんと付き合う時にそういうリスクを考えたか？　そして彼女が自分に何かリターンを与えてくれる存在だからと、損得で付き合ったか？」

光莉に告白された日は、今でもはっきりと覚えている。

そしてその時に浮かんだ感情も、忘れるわけがない。

「全く考えなかったよ。俺は目の前の女の子の、精一杯な告白に胸を打たれたから。だから一緒に居たいし、好きだと思った。大切にしてあげたいって、誓った」

「それが青春だ。私たち大人は、そんな考えで恋愛はしない。まあ、中にはそういう奴も居るだろう。だが相手のステイタスを無視して、好き嫌いだけで付き合うのは無理だ」

澄華ちゃんはその先を言おうとして、躊躇していたけど教えてくれた。

「あー、その。他には肉体的な相性だとか、そういうのもある。恋愛を経て付き合っているように見える連中も、性欲が先に動いたパターンも多い」

「大人の恋愛は性欲からも生まれるもの、っていうこと？」

「間違ってはいないが、極論かな。とにかく大人の恋愛は複雑で、面倒で、面白くない。映画のように劇的な刺激が無いのは確かだ」

退屈そうな顔で溜息を吐く澄華ちゃんだったけど。

それでも次の言葉を口にする時には、少しだけ笑みを浮かべていた。

「だけどお前たちは、不純な考えを一切持たないまま付き合える。自由な恋が出来る。青い春に咲き誇る真っ白な恋は、短命で尊い。だからな、白土」

向けられた目は、澄華ちゃんと再会してから最も真剣な眼差しで。

俺は息をのんで、その熱の籠った目を見つめ返す。

「お前はお前の好きなように、好きな人と恋をしろ。心が導いて、気持ちが辿り着いた先にある恋愛は……大人には絶対出来ない、何物にも代えがたい思い出になる」

その言葉の意味を、俺はまだ満足に理解していないかもしれない。

澄華ちゃんと同い年くらいまで生きて、その重みが分かる日が来るかもしれない。

だけど普段、他人に本音でぶつからない澄華ちゃんが、恥ずかしげもなく伝えてくれたメッセージだから。

「分かった。青春を無駄にしないように、生きていくよ」

「光莉ちゃんと彩葉ほどじゃないだろうが、私の言葉も少しは役に立ったか？」

「うん。澄華ちゃんのおかげで、頭のモヤが晴れた気がする」

「それは良かった。柄にもなく喋りすぎたかな……私は風呂に入ってくる。空き缶を捨てておいてくれ。冷蔵庫に紅茶があるから、褒美に飲んでいいぞ」

脱衣所へ向かった澄華ちゃんに言われた通り、俺はコーヒーの缶を手に取ってキッチンに移動する。

大人には出来ない恋愛、か。

「だけどそんな恋愛が、もしも大人になっても続いたらすごく幸せな——」

カコン、と。手からすり抜けた空き缶は、ゴミ箱ではなくシンクの上を転がる。

そんな恋愛を経て、結婚を目前に控えている人が。

このスミカに、一人だけ居るじゃないか。

「見えた」

彼女が望んでいる答えは、たった一つのゆるぎない真実ではなくて。

咲野さんが聞きたい言葉は、もっと他にあったのだ。

翌日。放課後になり、俺はスミカへと帰ってくる。

今日で滞在三日目になるお客様と、もう一度向き合うために。

「おかえりなさい、お手伝い少年君」

エントランスに入ると、エレベーター横のソファに女性が座っていた。

待ちくたびれた様子はない。その女性、咲野（さきの）さんは口元に笑みを浮かべながら俺を見つめる。

「ただいま、咲野さん。部屋のドアに貼ったメモ、見てくれたみたいですね」

「コンビニに行こうとして気付いたよ。『今日、僕が学校から帰ったら話したいことがあります。』って、丁寧な字を書くね。君は」

「それはどうも。良かったら、管理人室に入りませんか？」

しかし俺の誘いに、咲野さんは「ここでいいよ」と告げる。

この状況はまるで初日の再現だ。俺が彼女に失望された、あの日の夜を思い出す。

だけど、決定的に違う事があるとすれば。

「今日は君一人だけじゃなくて、お友達もいるみたいだね？」

咲野さんの視線の先、俺の背後には二人の女の子が立っている。

彩葉（さやは）姉ちゃん。俺の初恋。

そして光莉。俺の元彼女。

「はい。正直に言います、咲野さん。俺にはあなたの相談を解決出来る自信は無いです。何故なら俺には、あなたの恋心と過去を理解出来ないから」

俺の断言に、咲野さんは薄い笑みを消して真顔になる。

次の言葉次第で、今度こそ俺は咲野さんを不快にさせるかもしれない。でも。

「だからこの二人に……スミカのボランティアとコンサルタントである彼女たちに、頼ることに決めました。あなたの持つ恋心と過去に近いものを抱く、この二人に」

ありふれた言葉しか返せない俺では、咲野さんにまた失望されるだけだ。

あるいは、俺が一度目と別の言葉を並べても、きっともう咲野さんには響かない。

だから俺が抱いた過去と気持ち。それと同じものを共有した二人を呼んだ。

「まずは私から、いい？」

先んじて手を挙げ、一歩前に出たのは彩葉姉ちゃんだった。

その場にいる誰もが無言の同意を示し、彩葉姉ちゃんは語り出す。

「私と白ちゃんは、ずっと仲良しでした。小学生の頃から二人で毎日を過ごして、無邪気な日々を重ねていった。無邪気だからこそ、相手への好意に無頓着でした」

二つの好きが混ざり合っていた。

だけどふとしたきっかけで、その二つの好きは一つの好きになっていって。

気付いた時には、私は白ちゃんを今まで以上に、大好きになった。

「私はこのまま、白ちゃんと大人になる。中学生か高校生になったらお付き合いをして、そのまま結婚をすると思っていた。それこそ、あなたのように」

彩葉姉ちゃんに目を向けられた咲野さんは、その顔に戸惑いを浮かべる。

「待って。その言い方だと、あなたは……」

「そう。私の想いは叶いませんでした。白ちゃんと私は中学時代にすれ違いをして、そこからずっと……つい最近まで何も交わさなかった。言葉も、思いも。全部」

咲野さんの目の色が変わった。目の前の女子高生に、強い興味の色が浮かぶ。

「だから私は、咲野さんが羨ましい！　青春の恋が続いていて……今も愛し合っている。そんな素敵な日々を送っていて、妬けちゃうくらい」

彩葉姉ちゃんは悪戯っぽく笑って、光莉に会話のバトンを渡した。

「私も……大好きな男の子が居ました。ずっと好きで、ある時に告白をしたんです。彼は驚いていたけど、すぐに受け入れてくれた。すごく、すごく幸せでした」

叶わないと思っていた、好きな気持ちを共有するということ。

胸の中に閉じ込めておけなかったから、振られても構わないと思えた。

だけど大好きな男の子は、私と恋人になってくれた。

「最初は手も繋げなかった。だけど私は彼の恋人だっていう事実と、隣を歩けることの幸せで胸が一杯でした。咲野さんにはそんな経験はありませんか？」

「ある……かな。例えば彼が、初めて私を名前で呼んでくれた日、とか」

「あー！　それ、すごく分かります！　付き合って最初の長電話とかもいいですよね！」

光莉の言葉に咲野さんは恥ずかしそうに、小さく頷き返した。

俺が光莉と付き合った期間は、世間一般でいうと「短い」部類かもしれない。

だけど俺たちはその時間の中で、互いを知り合うために濃密な関係を築き上げた。

「咲野さんは私には出来ないことを、たくさん経験したと思います。それは私にとって夢見ていた日々です。何なら、倦怠期？　みたいなのもちょっと憧れちゃうくらいで！」

「え、えぇ？　倦怠期なんて別に……何もいいことはないよ？」

「そうかもしれませんけど、私と彼は……ほんの些細な出来事で、別れることになっちゃったので」

光莉の声が震える。その背中を彩葉姉ちゃんが優しく撫でて、光莉は溢れそうになる想いを抑えて、咲野さんに語り続ける。

「別れた今でも彼から貰った物や、時間。どれも私には大切で、捨てられません。やり直しをしたかったし、何度も悩んで泣いたけど、でも答えは出なくて……！」

感情を吐き出す光莉に、咲野さんはひたすらその言葉を受け止めるだけだった。

「二人で行った場所、二人で交わしたメッセージ、二人で食べたご飯。二人でしたことはたくさんあったのに、もう二人で出来ないことばかりで、ずっと後悔しています」

「もしかして、あなたたちは――」

咲野さんは何かに気付いたらしく、彩葉姉ちゃんと光莉を交互に見た。

最後に俺に視線が向けられる。二人が振られた相手が誰なのかを察したようだ。

「はい。私たちはちょっとだけ複雑な恋をして、大切な時間を失っちゃいました」

「でも今はその時間と絆を、みんなで取り戻そうとしているところです」

彩葉姉ちゃんはソファに座る咲野さんに一歩近づく。

「咲野さんと彼氏さんのように、末永く一緒に居られるような関係になるために」

小さく洟を啜った光莉が、その言葉を継ぐ。

「それは私たちが心の底から望んで、手に入らなかったもの。だから咲野さんの『恋』は私たちにとって……憧れと理想なんです！」

二人の『失恋』を聞いて、咲野さんは俯いてしまう。

閉じた目のその奥で、一体何を思うのだろう。あるいは、何を懐古しているのか。

ぽつり、ぽつりと。ソファの上に小さな粒が落ちる。

「私は、幸せ者だったんだね」

その粒を、涙をこぼした咲野さんは自嘲するように笑う。

「くだらない喧嘩が増えて、互いの都合をぶつけあって、すれ違いが多かった。それが致命的なことだと思っていたけど、そうじゃない。それだけのことだった」

顔を上げて、明るいメイクが崩れないように咲野さんは目元を拭う。

だけどその顔は、決して暗い色をしていなかった。

「過ごした時間が長いから忘れていただけで、彼は私をいつも想っていてくれた。私もそう。好きであることが当たり前すぎて、目を背けていたけど」

私はやっぱり、彼の事が好きだから。

思いを自覚した咲野さんは、その先にある願いを口にする。

「私は、彼と結婚したい。これからたくさんの困難があっても、それ以上の喜びを見つけて分け合いたい。あなたたちが教えてくれた、大事な『恋』をこれからも……！」

答えを見つけた咲野さんを見て、俺たち三人は笑みを浮かべる。

昨晩。澄華ちゃんと話を終えた直後に見えた、咲野さんの求める答え。

それに気付いた俺は今朝、光莉と彩葉姉ちゃんにお願いをしていた。

「どうかみっともない俺を、助けて欲しい。一度失敗した俺には、出来ないから」

通学途中にある公園で、呼び出した二人に俺は開口一番でそう言った。

こんな姿を見せたくはなかった。格好(かっこ)悪い自分に、失望されたくなかったけど。

それ以上に俺は、咲野(さきの)さんにスミカを嫌いなまま、現実に帰って欲しくなかったから。

「きっとこれが、白ちゃんにとってのスミカなのね」

答えを聞く前に、彩葉(さやは)姉ちゃんがそんなこと口にした。

「大した娯楽も無ければ、特別な装飾も仕掛けも無い。だけど来てくれた人をガッカリさせたくない。お客様が望むことを、叶(かな)えてあげたいという気持ち。それこそが」

アパートメントホテル・スミカが、『ルーム』になるための、新しい道。

かつて澄華(すみか)ちゃんは、自分一人でお客さんの相談に乗っていた。

その時々で満点の正解を導いて、女神とまで呼ばれていたけれど。

「……うん。俺には、澄華ちゃんみたいな才能は無い。だけど誰かのために頑張りたい。だから、二人を頼らせてほしい」

「白土(しろと)君。私たちがあなたのお願いを断るって、ほんの少しでも思っている?」

光莉(ひかり)の顔を見ると、呆(あき)れたような笑いを浮かべていて。

「いつだって力になる。どんな時だって隣に居るって約束したから。だけどね、それは白土君と離れていた罪悪感とか、そういうのが理由じゃないよ？」

光莉と彩葉姉ちゃんは、互いに顔を見合わせて、それから手を握り合う。

そして二人で、声を揃えて言うのだった。

「私たちは、あなたと一緒に未来に進みたいから！」


咲野さんとの話を終えると、彼女はすぐ部屋に戻ってスミカを発つ準備を始めた。

彼氏の元に帰るのだと、楽しそうに笑って。

「私がいないと、あの人はダメだから。でも、私もあの人がいないとダメなの！」

曇っていた心が晴れた咲野さんの顔と声は、ここに来た時より穏やかで。

スミカが、そして俺たちが……彼女に特別な時間を提供出来たのだと理解する。

「お待たせ、少年少女たち！」

咲野さんは、キャリーケースを片手にエントランスに戻って来る。

その後でジーンズのポケットから、アルミのカードケースを取り出した。

「ねえ、お手伝い少年君……いや、白土君。君はＳＮＳとかあんまりやらないタイプ？」

「そうですね。友達が居ないので楽しめないですし、他人の幸せな日々を見たくない」

「り、理由が死ぬほど暗い！　そちらの可愛い女の子たちは？」

話を振られた光莉は曖昧に頷き、彩葉姉ちゃんは首を大きく横に振り、俺に囁く。

「オタクはネットの中でも日陰を求める生き物なのよ……」

うん！　やっぱり彩葉姉ちゃんは昔と変わらないな！

「そっかぁ。それじゃあ私に気付けなくても当然だよね。私は趣味と仕事も兼ねて、こういうことをしているの」

カードケースから一枚の名刺を取り出し、俺に差し出す咲野さん。

そこには連絡先と共に『インフルエンサー・サキ』と書かれていた。

「サキさん!?　私、この人知っているよ！」

名刺を見ても無反応だった俺と彩葉姉ちゃんとは違い、光莉だけが驚いてみせる。

「ショート動画で色んなルームを紹介する、女子高生に人気のインフルエンサー！　メディアで取り扱われない穴場を見つけてきて、神扱いされている神ギャルだよ！」

光莉の興奮ぶりに、俺はスミカでルームとＪＭＲＡの説明を受けた、初日の出来事を振り返る。

「咲野さん、ＪＭＲＡとお仕事をさせてもらっているって言っていましたけど、もしかしてあなたは……？」

「そう！　第二次ルームブームを起こしたのは私！　それで今は協会公認のパートナーとして、色んなルームを公式アカウントで紹介するのが私の仕事なの」

小さく鼻を鳴らした咲野さんに、俺は思わず脱力してしまう。

知らなかったとはいえ、とんでもない相手を接客していたのか……俺たちは。

「というか、光莉は気付かなかったのか？」

「うん。動画だとサキさん、もっと派手なメイクと衣装だから……今のナチュラルメイクとは印象が違いすぎて」

困惑している光莉に、咲野さんは「あれは映えるためだから」と笑いながら返す。

それから話を切り替えて、俺に向き直った。

「さて、白土君。私がここに来たのは、初日に言ったようにお仕事半分、息抜き半分だったけど、結果的に……私はこのスミカが大好きになれた」

咲野さんはスマホを取り出し、アプリの画面を開く。

「だからもし君が良ければ、スミカがルームになった後で紹介しようか？　動画はいくつか撮ったから、最後に君の可愛い顔を撮りたいな。絶対にバズると思うよ？　ふふふ」

それは経営難かつ、新しい道を模索するスミカには最高の提案だ。

上るべき坂道や、越えるべき壁。そういうのを全て無かったものにして、少なくとも来年くらいまでは忙しさが続くかもしれない。だけど。

「……ありがたいですけど、澄華ちゃんにも相談させてください」

「おっけー！　もし紹介しても大丈夫になったら、またここに来るから！　改めて、お世話になったね。白土君だけじゃなく、あなたたちも。光莉ちゃんと、彩葉ちゃん？」

初めて名前を呼ばれた二人は、咲野さんがサキだと知ったせいか、緊張した面持ちで何度も頷き返す。

そんな二人を見て咲野さんは嬉しそうに笑い、キャリーケースに手をかけた。

「白土君。これちょっと重いから手伝ってくれる？」

「あ、はい。外に出すまでで大丈夫ですか？」

「もちろん。もうタクシーは呼んでいるから、すぐに来ると思うし」

キャリーケースを引いて表に出ると、遠くからタクシーが近づいてくるのが見えた。

俺の初めての接客は、お世辞にも良いとは言えなかったかもしれない。

それでも最後の最後に、咲野さんが幸せな形で現実に帰れたのであれば、俺にとって唯一の救いだ。

「それじゃあまたね、可愛い女子高生たち！」

咲野さんは少し先、エントランスの中で見送る二人に手を振る。

そして、最後には俺にだけ聞こえる声で呟く。

「今度は君が二人のために、失くした『好き』を取り戻す番だよ」

それを別れの挨拶にして、咲野さんはタクシーに乗り込んで行った。

「光莉、彩葉姉ちゃん」

俺は二人と向き合う。かつて真っすぐに向き合い続けたけど、壊れた関係。

目を逸らしていた。嫌になっていた。そんな時期もあったけれど。

「聞いて欲しいことが、あるんだ」

苦しんで、悩んで、二人からたくさんの想いを貰ったから。


俺は『初恋』と『失恋』に、大きな区切りをつけよう。

幕間(まくあい)その三　白土(しろと)が選ぶ恋愛計画

咲野(さきの)さんがスミカを発(た)つ、前日の夜のこと。

俺は咲野さんが望む接客を成し遂げるために、大切な二人にメッセージを送った。

『明日の朝、学校の近くにある公園で話を聞いて欲しい』

二人はすぐにメッセージに返信をくれて、快諾してくれた。

これで接客の悩みは解決するかもしれない。

そして、もう一つの悩みを解決するために、俺は幼馴染(おさななじみ)に話を聞いてもらうことにした。

「もう二人に連絡は取ったのかい？　白土」

その幼馴染は既に、テーブルを挟んだ向かいのソファに座っている。

二人に連絡を取ろうと思いついた直後に、深月(みつき)から電話がかかってきたのだ。

暇だから少しスミカに遊びに行ってもいいかな？　と。

俺は俺で誰かの意見が欲しかったし、その提案を受け入れたのだが。

「夜に二人で秘密の逢瀬(おうせ)をしているとか、これはもう浮気だよね」

「アホか、お前は。今更俺とお前の間で、何か起こることがあるか？」

「新しい恋、とか？　いっそ君は、いつまでも古い恋に囚われないで、新しい恋を探した方がいいと思うよ」

深月はブラックの缶コーヒーを一口啜って、話を続ける。

「普通はどんな形であれ、終わった恋は思い出になる。過去になる。大人になってふとした瞬間に、時間が綺麗に劣化させたその思い出を、楽しく懐古するだけさ」

「綺麗に劣化って、矛盾しているだろうが」

「いいや、していないよ。恋心は時間が経って少しくすむくらいが丁度いい。そうすれば苦痛だった別れや寂しさも色あせて、曖昧になるものだからね」

深月の語る恋愛論。初めて聞く幼馴染の価値観に驚きつつ、黙ってその続きを聞く。

「だからね、白土。二つの思い出は、思い出のままにすべきだよ。そうすればいつかピカピカの思い出になって、誰も無駄に傷付かないで終わりに出来る」

「……やっぱり、お前の言う事はいつだって正しさに満ちているな」

「そうとも。僕は白土の唯一の幼馴染であり、理解者だからね。いっそ僕と付き合ったら幸せな日々を送れると思うけど、ど、どうかな？」

わざとらしく片目を瞑ってウインクしてくる深月に、思わず笑いが込み上げる。

「自分で言って照れるのはやめろ、アホ」

「あいたっ！」

俺は耳まで真っ赤にしている深月の頭を軽くチョップしてやった。

「そもそも本当に付き合う気があるなら、相応のシチュエーションを用意してこい。夜景を見ながら手を握り合って、想いを告げるとかそういう理想的なやつ」

「うわ、古臭い恋愛観だなあ。だから光莉ちゃんに……あっ」

「おい。わざとらしく何かを察したような顔をするな！　別にいいだろうが！　恋愛はベタな方が楽しいんだよ！」

「ベタな恋愛を楽しめなかった悲しい生き物が何か喚いているねぇ！」

「お前、今完全にライン越えたからなぁ!?」

俺の反応に声を上げて笑う深月に、思わず溜息が漏れそうになるのを堪える。

俺が深月に聞きたいのは、諦めを補強するような言葉じゃない。

「そろそろ真剣に、俺の相談を聞いてくれるか？」

少しだけ間を置いて、深月に語り始める。

俺がどんなやりとりを経て、誰と共にする未来を選ぶか。

「それは……途方もないくらい青臭くて、バカげた決断じゃないかな」

俺の思いを聞いた深月は、薄い笑いを顔に貼り付かせて困惑を隠そうとする。

「俺には、辿り着きたい恋愛の形がある。そしてそれは、一人では出来ない。二人でもダメだ。三人じゃないと、始められない」

「……随分と大きな夢物語だね。その決断の意味と三人が誰を指すのか、言うまでもなく分かるよ。断言するよ、白土。君は恐ろしいくらいに自惚れている」

ズブリと、胸に刺さる。深月の突き放すような、平坦な口調で放たれた言葉が。

「自惚れでも構わない。だけど、未来に続く道を示すのは、俺じゃなきゃダメだ」

二人がたくさん苦しんで、悩んでくれたから。

離れている間も、変わろうとしてくれたから。

だからその先までも、彼女たちに選ばせるのはあまりにも酷だから。

「別の形で、始めなきゃいけない。マイナスから始まった恋愛を、無理やりプラスに変えなくてもいい。だけどゼロにする必要はある」

全員の関係。全員の過去。そしてそれぞれが抱えている想い。

蓄積された時間が作り上げ、変えてしまった関係をリセットするのは不可能でも。

初心に戻ることは出来るはずだから。

「だから俺は、『続き』と『再生』のどちらかにも、区切りをつけなきゃ。俺の選択を、二人は同じ気持ちで受け入れてくれるかな？」

今の気持ちを吐露した俺に、幼馴染はどんな言葉をくれるだろう？

深月は腕を組んで、目を閉じたまま思考している。悩んでくれている。

長い沈黙を経て、ようやく開かれた口から飛び出た言葉は——。

「……っ。あー、全く！　本当にバカだな、君は！」

深月の叫びには呆れと、怒りが込められていて、思わず怯んでしまう。

「悩むくらいなら考えるな！　僕の一言が無きゃ動けないくらいなら、最初から諦めればいいだろう！　君のしょうもない恋愛に、こんなに可愛い幼馴染を巻き込むな！」

「え、えぇっと、ごめん。そんなに怒られるとは、思わなかった」

「怒るだろうよ！　誰よりも一番近くで、君の傷付く姿を見てきたのだから！　もう二度とあんな姿を見たくない……僕は、君を傷付ける女を近寄らせたくない、のに」

次第に、深月の紡ぐ言葉が弱々しくなっていって。

いつもは余裕と勝気に満ちているその顔に、陰りが差していく。

「僕は君を大切に思っている。世界中のどんな男の子より、幼馴染である君が大事だ。何かあれば助けたい。幸せにしてあげたいから……『今回も』白土のために、言うよ」

ただし、親愛なる幼馴染としてはこれで最後だからね。

そう付け加えて、深月は話を続けた。

「最低の失恋を経た君だから、最高の恋愛を見直せばいい。自分が誰と、どうなりたいのか。どう幸せになりたいのかを考えて、それから……」

自惚れでも構わないから、自分の一途な想いを貫き通せ――！


感情が乱れたからかもしれない。深月は目を真っ赤にして、乱れた息を吐き出す。

そうか。いつも頼っていて、いつも救ってくれて、いつも見てくれていたから。

深月は俺のことを心から応援する一方で、いつだって心配してくれていたのだ。

「ありがとう、深月。おかげで、決心したよ」

俺の顔を見て、深月はようやくいつもの軽薄な笑顔を見せる。

「あはは。それなら良かった。この出来事が全て終わったら、真っ先に僕に報告してよね。今回の相談の見返りは、それでいいから。だからさっさと玉砕しておいで、バーカ！」

「玉砕前提で話すなよ、バーカ」

澄華ちゃん。咲野さん。深月。

そして光莉と彩葉姉ちゃんから貰った言葉や想いの多くが、一つの答えを生む。
この選択が正解かは分からない。不正解かもしれない。
だけどそれを決めるのは、他の誰でも無い。

俺たち三人で、選ぶのだ。

最終話　失恋と初恋と選んだ未来

咲野さんを見送った後。

俺は彩葉姉ちゃんと光莉に、スミカに残って欲しいと懇願した。

「一人ずつ、伝えたい事があるから」

そう言って、俺が最初に連れ出したのは彩葉姉ちゃんだった。

向かう場所はもう決まっている。事前に許可を得たし、特に問題無く入れるはず。

「白ちゃん、ここって……」

「うん。俺たちの、ねじれた関係が始まった場所だよ」

俺たちはかつて通っていた、母校の中学校に来ていた。

校門を抜け、後輩たちが部活動に打ち込んでいる横を通り過ぎ、職員玄関で訪問手続きをしてから校舎の中に入る。

名目上は図書室で、蔵書されている学校資料を読むことだったけど。

「彩葉姉ちゃん、こっち」

図書室には立ち寄らず、その反対にある生徒教室棟へと向かう。

この時間は既に下校時刻のため、当然生徒はいない。三階にある三年生の教室は、どれも異様な静けさを放っていた。

「ここで、俺は彩葉姉ちゃんの話を立ち聞きしてしまった」

ある教室の入り口の前、廊下に立って俺は過去を振り返る。

あの日、この場所で。丁度今くらいの時間に、俺と彩葉姉ちゃんはすれ違った。

俺が逃げてしまって、彩葉姉ちゃんもまた、遠ざかることを選んで……。

「俺たちは互いに、誤解をしたままで進み続けた。これからも色んなことを一緒にしたいって、あの神社で約束したけど」

一歩、前に出る。かつて、踏み出せなかった一歩。

引き返してしまった。遠ざかってしまった。たった一歩を、踏み出す勇気が無くて。

教室に入る。彩葉姉ちゃんとの間にある一線を、越えて。

互いを隔てるボーダーラインはもう、無い。

俺たちにとってここは、あの日を再現出来る唯一無二の『ルーム』だ。

「彩葉姉ちゃん。俺はそこに立っていた頃、ずっと彩葉姉ちゃんが好きだった。惚れていた。大切な存在だったよ。だからこそ……俺からも、この関係をやり直したいと思う」

それは捉え方次第で、どんな言葉にもなる。

ただの回想。ただの友情。あるいは、『続き』を望む愛の告白。

彩葉姉ちゃんは、ずっと黙っていた。遠くに響く吹奏楽の音色と、グラウンドでどこかの部活の絞り出した叫びが、痛いほどに耳に響く。

時が止まっていた。俺たちの間に流れる時間は、進むことも停滞も拒否している。

「その『やり直し』という言葉をどう受け止めるかは、私次第……よね」

それでも無限に続く沈黙など、当然存在しなくて。

彩葉姉ちゃんは夕陽に照らされた赤い顔を、ゆっくりと俺に向ける。

「私だって、白ちゃんとしたいことはたくさんある。望む未来も、関係も。だけどね、どうしてかしら……思い浮かぶのよね、可愛い愛弟子の顔が」

それは彩葉姉ちゃんを恋愛の師匠と崇め、二人で素敵な未来を約束した、一人の女の子のことだろう。

「私がここで白ちゃんを抱きしめて、したいことをしても……きっと、白ちゃんは拒絶しないかもしれない。だけどやっぱり私は、もっとフェアな関係を望むわ」

彩葉姉ちゃんは一歩踏み出して、教室の中に立っている俺の手を取る。

熱い。その手はまるで、燃えているかのように強い熱を宿していた。

「多分、白ちゃんも同じよね。私と話しているのに、まるでもう一人にも向けて喋っていいるように感じる。だから私は……絶対に嫌」

やり直しを望む俺に、彩葉姉ちゃんは拒絶を示した。しかし、その言葉は続く。

「私は何もない、〈無計画〉なあなたと付き合いたい。だから中途半端なやり直しは、絶対にダメ。ちゃんと終わらせてきて欲しい。私とあなたが今日、ここでそうしたように」

あの日出来なかったことを、光莉ちゃんにもしてきて欲しい。

「やり残しも、心残りも、全部捨ててきて。終わらせないと、始められないから。私との『続き』はその後で、まずはあの子との最後の日を『再生』してきて欲しい」

繋がれた手は、少しだけ震えていた。

それでも彩葉姉ちゃんの顔は、凛とした面持ちを一切崩すことは無い。

正真正銘、心から向き合ってくれているのだ。俺に、そして……光莉にも。

「だから、行ってあげて。スミカの管理人室で待ちながら、一人で不安になっているかもしれないあの子のところに。きっとあの子も、私と……」

その先を言わずに、彩葉姉ちゃんは手を離した。

二人で廊下に出て、一人分の足だけが前に動き出す。

「ありがとう、彩葉姉ちゃん。行ってくるよ」

「ねえ、白ちゃん。その前に一つだけ聞かせてくれる？」

「うん、いいよ」

「あなたの初恋は、本当に私？　光莉ちゃんでも、深月ちゃんでも、ついでに澄華でもなく、あなたは私に……生まれて初めて、恋をしてくれた？」

今度は夕陽を背に、彩葉姉ちゃんは不安に満ちた声を投げかけてくる。

そんなの、言うまでもない。

「俺の〈初恋〉は、生まれてから死ぬまで、ずっと彩葉姉ちゃんだよ！」

答えを聞いて、初恋の人の幸せそうな笑みを見ることが出来たから。

俺は二人と、辿り着きたい理想を目指し続ける——。

◆◆【秋羽彩葉・中学校退出後　近所の公園にて】◆◆

あーあ。バカだな、私は。

せっかく白ちゃんと思い出の場所で二人きりになれたのに。

それも一回だけじゃない。二回も。それなのに、私は自らチャンスを潰した。

「今頃白ちゃんは、光莉ちゃんとお話をしている頃かしら」

だけど私は、誰も居ない、名前も知らない小さな公園のベンチで一人。

ふと顔を上げると、夕陽が目に痛いほど眩しかった。

じんわりと、胸の奥から寂しさと不安が込み上げてくる。

スミカで彼を待つ光莉ちゃんも……こんな気持ちなのかもしれないわね。

私はスマホの手帳型ケースに入れた、一枚の紙を取り出す。

「二人で考えた〈計画〉で、二人とも幸せになれれば良かったのにね」

あの頃の私たちは、絶対にそうなると信じていた。

照れもせず、恥ずかしがることもせずに、想い人の名前を教えていれば。

「普通の恋愛や、漫画やドラマみたいに……正面から戦って、勝ち負けを決められる関係になれていたかもしれないのに」

私も光莉ちゃんも、互いを恋敵に出来なかった。

白ちゃんを好きだと知った後でも、味方であり続けてしまったから。

憎悪も嫉妬も何もかも、押し付け合うことが出来ない。自分の中で留めて、相手が幸せになって欲しいという気持ちと、失敗して欲しいという気持ちを共存させるだけ。

「知り合いたくなかったなんて……そう思っちゃう私は、すごく嫌な子よね」

光莉ちゃんの柔らかな笑顔と声を思い出す。

私には無いものを、たくさん持っているとても可愛い後輩で、恋愛の弟子。

まあ、よく考えたら光莉ちゃんの方がよっぽど多くのことを白ちゃんと経験しているのだから、とっくに立場は逆転しているかもしれないけど。

「私も白ちゃんと……いっぱい、色んなことをしたかったのに」

目元に熱いものが込み上げてきて、視界がぼやけてしまう。

それでもまだ、耐えられる。

「……だけど私は、白ちゃんのことと同じくらい、光莉ちゃんが好き。だから裏切れなかった。あの夜に躊躇しなければ、私は」

あれだけ「もしも」を望まないと決めたのに、ふとした瞬間に考えてしまう。

悪い癖だ。だけどそんな自分に対して、これだけはハッキリと言える。

「……私が望んだ道よ。白ちゃんと光莉ちゃんと、三人で歩くために。だけどやっぱり、白ちゃんとキスしたかったなぁ……！」

ああ、ダメだ。

鼻の奥がツンと、痛くなって。瞼の裏側がじんわりと熱くなる。

「ずるい、ずるいよ……光莉ちゃんは白ちゃんと付き合えて、デートもして、ハグもしたのに、私は付き合えなかったのに。私が先に、彼を好きだったのに！」

心が張り裂けそう。喉からは言いたくないことが、飛び出していく。

「大切な初恋だった。私と白ちゃんは、互いを想っていた。それなのに、些細なすれ違いでどうして……どうして、こうなっちゃったの？」

好きだったのに。好きなのに。どうしても、忘れたくないのに。

一緒に居てよ、白ちゃん。私の大好きな友達のところに、行かないで。

私だけを見て。あの子を想わないで。もう二度と、離れないでよ。

「白ちゃんのこと、こんなに大好きなのに。何で初恋って、叶わないのかなぁ……っ」

吐き出したかった言葉は、もう無い。

代わりに嗚咽が漏れそうになって、私は上手く呼吸する方法を忘れそうになる。

脚が震えて、その場に崩れ落ちてしまいそうになる――。

だけど、私は。

「まだここで涙を流すような、悲劇のヒロインなんかに……なってあげないから！」

バチン、と。自分の頬を叩く。太ももを叩く。信じられないほど、強い力込めて。

「くぅ……！　あー、もう！　いったぁい！」

頬を伝う涙？　そんなダサいメイクは、絶対嫌。

崩れそうなほどに震える脚？　私はしっかり、立っていられる。

顔を上げた先にある強烈な夕陽を、目を細めずに睨みつけてやる。

「本当に痛くて、苦しんで、悩んでくれたのは……私じゃない。あの子だからね」

自分に言い聞かせるようにして、呼吸を整える。

まだ私は、耐えられる。まだ私たちは、未来を見ていられる。

「相変わらず、お前は我慢強い子だな」

中性的な声に振り返ると、目の前には大人の女性が立っていた。

澄華。白ちゃんの従姉で、私の友達である、素敵なお姉さん。

「そうでもないわよ。結構ギリギリだもの。もし澄華が私のことをその豊満な胸で包み込んでくれたら、きっと号泣しちゃうに決まっている」

「ん？　お前ほど大きくないが、それでも良ければこの胸を貸すぞ。それに、お前には謝らないといけないことがあるからな」

含みのある言葉に沈黙していると、澄華は滔々と言葉を吐き出す。

「実を言うと、私は光莉ちゃんのことを応援してしまった。二人で約束を交わして、白土との再会とデートの機会を、作ってしまった」

私は何も答えず、ただその先を促す。

「意図も、悪意もない。ただの順番だった。白土と光莉ちゃんが恋人同士だったことを、お前と白土が相思相愛だったことを知る前に、知ってしまったから」

澄華の顔は見えない。だけど、いつも毅然とした彼女の声は、少し落ち込んでいた。

「お前がこんなに悩んでいると知っていたら、私は光莉ちゃんじゃなくて、お前を応援していたのに。その、気付けなくて……」

「そんな退屈な話、うんざりだわ」

困惑を纏い、澄華は私を見つめる。どういうことだか、分かっていないみたい。

それならちゃんと、説明してあげないと。

「偶然が積み重なっただけなら、誰も悪くないでしょう？　私に運が無かっただけ。光莉ちゃんが白ちゃんと付き合えたのも、結局はそこなのよ。でもね」

私は、白ちゃんも光莉ちゃんも、澄華も。誰も恨んでいない。

「悔しいのは、羨ましいから。情けない独り言は、嫉妬のせい。ただそれだけ。それに私たちは、この複雑な失恋関係の先に、新しい恋愛を始められるはずなの」

「……どういうことだ？」

「約束したから、あの子と。だからここから先の結末は、白ちゃんだけが選べる」

私たちが望むのは、自分たちの恋物語を叶えることじゃない。

それはもう、とっくにやめたから。

「私が出来ることは、これ以上ないわ。強いて言うなら……可愛い恋愛の弟子をただ信じて、可愛い最愛の男の子を任せるだけ！」

事情も何も知らない澄華は内心、訳が分からないと思うけれど。

それでも彼女は、優しく微笑んでくれた。

「そうか。お前たちがそれで幸せになれるなら、年上ヒロインの出番は無さそうだな」

「最初から無いわよ、そんな雑展開。ていうか……澄華も、そんなに優しい顔が出来るのね。普段は人を殺しそうなくらい、怖い顔をしているのに。うふふっ」

「今日は人を殺すわけじゃなく、救いに来たつもりだったからな。その心配が無用なようで安心したよ」

先ほどまでの苦しそうな表情を一片も残さず、澄華は立ち去ろうとする、去り際に。

「なあ、彩葉」

「なあに？」

「私が少女の頃に愛した恋物語は、最後は初恋のヒロインと結ばれたよ。それだけだ」

それは、とても不器用なエール。少女を卒業した彼女なりの、精一杯の言葉だった。

「奇遇ね。私は初恋ヒロイン過激派だから、それ以外の結末は認めないの」

それ以上言葉を交わすことなく、澄華は私と反対の道へと歩き出す。

風が吹いた。鼻を掠めるどこか懐かしい木々の匂いに、遠い日の記憶が鮮明に蘇る。

小学生の頃、白ちゃんはあの神社で仲直りした後、私に言ってくれた。

『僕も、彩葉姉ちゃんが大好きだよ』

その言葉をいつか、もう一度聞きたい。あの時の気持ちを、私だけに向けて欲しい。

ねえ、白ちゃん。光莉ちゃん。

私の……私たちの未来は、二人に託すからね。

◆◆　【千藤白土・中学校退出後、スミカにて】　◆◆

痛いくらいに胸が高鳴っている。

走れば走るほどに、全身の血が滾っていくのが分かって、俺はどうしようもない鼓動を感じながら、走り続ける。

呼吸が乱れる。想いは加速する。そして思い出が、スミカに近付けば近づくほど鮮明に浮かんできて、激しく揺れ動く。

全力で走ったのはいつ以来だ？　大切な人の顔が見たくて、無我夢中になったのは？

全部、初デートの日以来だろう。

「光莉！」

息を切らしながらスミカに飛び込んで、管理人室の鍵を開ける。

俺の叫びを聞いて、ソファに座っていた光莉は安堵の笑みを浮かべてくれた。

「おかえりなさい、白土君」

「ああ、ただいま。帰って来たよ……俺たちの『ルーム』に」

他に誰も居ない、たった二人だけの空間。

向き合って、伝えたいことはただ一つだけ。

「光莉。俺とデートしてくれ。あの日の未練を、終わらせるために」

「白土君。私ももう一度あなたとデートしたい。あの日の関係を、『再生』するために」

余計な感情も、言葉も不要だった。

俺たちがしたいことと、すべきこと。そのどちらも決まっていたから。

「それじゃあ今から、一緒に行こうよ！」

光莉の提案に俺は窓の外を見る。すっかり日は落ちて、もう夜になりそうだ。

「い、今からか？　明日にしてもいいと思うけど」

「ううん。今日デートしないと意味が無いの。そうじゃないと……ダメ。今日なら笑ってデートが出来るけど、明日は絶対に出来ないと思う」

いつもは俺の意見を汲んでくれる、『恋人』は。

それだけは絶対に譲れないという、強い意志を込めて俺に懇願する。

「光莉がそう言うなら、行こう。最初の待ち合わせ場所と、最後に行く場所以外は多分回れないと思うけど、いいか？」

「うんっ！　私は白土君と一緒なら、どこでも大丈夫。どんな場所でも私たち二人が一緒なら、どこだって素敵な『ルーム』になるから！」

光莉は管理人室を飛び出して、俺を手招きする。

「白土君、早くー！」

スミカで再会してから、光莉の笑顔はいっぱい見てきた。

だけど今浮かべている笑顔は、そのどれとも違う。

中学生の頃、恋人だった光莉が見せてくれた……とても明るくて、無邪気な笑顔だ。

まず俺たちは、駅前の時計台の下に向かった。

この時間は人の往来が多くて、駅周辺は賑(にぎ)わっていたけれど、そんなことを気に留める様子も無く、光莉は時計台の真下に立つ。

「白土君。私たち、デートの時はどっちが先に着くか競争していたのを覚えている？」

忘れるわけがない。最初のデートは気合いを入れて、一時間前にこの場所に着いたのに。

時計台の下で誰かと背中合わせでぶつかったと思ったら、光莉もその場所に居て。

「あれは驚いたな。まさか居るとは思わなかったから」

「えへへー。私も。あの時はスマホで連絡もせずに偶然ああなって、運命だなって言いながら……二人でお昼を食べに行ったよね」

「そうだな。中学生だった俺たちの、定番のデートコースだった」

合流した後は駅から歩いてパスタ屋さんに向かって、お腹を満たしていた。

それからは目的も無く街を歩いて、二人で時間を共有する。

特に光莉がお気に入りだったのは、パスタ屋の三軒隣にある小さなペットショップだ。

光莉はここで子犬や猫を眺めるのが大好きだった。

「あれ……？　し、白土君！　見て！」

俺の先を歩く光莉が何かに気付いたようで、小走りで店の前に向かう。

歩く速度を上げてその背中に追い付いた俺は、店の様相を見て驚いた。

「ここ、『ルーム』になったのか……！」

店の前にある立て看板を見るに、動物と触れ合えるルームになったようだった。

猫カフェや犬カフェなど、昔ながらのコンセプトカフェと変わらないルームも、数多くあるけれど。

「知っている店が変わると、驚くよな」

今日の営業は終了したらしく、クローズの札が入り口に下がっている。

中ではエプロンを着用した二人の若い男女が、店内の掃除をしていた。

「店員さんは昔のままだ。懐かしいな」

「懐かしいけど、やっぱり時間が経ったよね。知っている場所が知らない場所になって、知らない場所が思い出になる……とても、変な感じ」

呟いた光莉の横顔は、少しだけ憂いを帯びていた。

変わらないものがある一方で、変わっていくものがあるということ。

それは人も場所も、同じ事だ。

「さて！　それじゃあ私の彼氏は、次にどこへ案内してくれるのかな？　えへへ」

俺のことを『彼氏』と呼んで、光莉は頬を赤くする。

こんな日が来るとは思わなくて、少しだけ涙が出そうになるけど、まだ早い。

「この後は……どんな予定だったか、覚えているか？」

あの雪の降る日。その前日に決めた、二人の新しいデートプラン。

俺と光莉は、行きたい場所があった。だけどそれは、漠然と決めていただけ。

だからここから先はノープランだ。どんな〈計画〉も存在しないまま終わったから。

「うん。当日になったら決めようって、曖昧なままだったね」

「だから、考えてきた。いや……光莉がスミカに来てから、見つけた場所がある。だから付き合ってくれるか？」

予期せぬ言葉だったのか、光莉は驚きを滲ませた表情で俺を見つめて、頬を上気させる。

「もちろん！　白土君が隣に居れば、どんな場所だって私にはお城になるよ！」

「良かった。それじゃあ行こうか、光莉」

お姫様をエスコートするように、手は繋がなかったけど。

俺は行く先を知らない光莉の半歩前に立ち、歩き出した。


俺たちが向かった先は、駅から少し離れたホテルだった。

この辺りでは有名な、冠婚なども執り行う高級ホテルだ。

「白土君、ここって……？」

隣に並ぶ光莉は目を丸くして、本当にここに入るのかという躊躇を訴えてくる。

だけど俺は光莉の前を歩き、入ってすぐにある受付の機械で入室手続きを済ませる。

「大丈夫。ここは俺と光莉の、あの日の理想を叶える場所だから」

チェックインの機械から排出されたカードキーを受け取り、俺たちは並んでエレベーターに乗り込む。

無言の俺たちを乗せ、上昇を続けていた機械は、目的のフロアで停止する。

「着いたよ、光莉」

広々とした円形のフロアには、コワーキングスペースのような箱型の部屋がいくつも外周に沿って並んでいる。ここは元々、ワンフロア全てが展望ラウンジだった場所だ。

その内の一つ、俺が予約した部屋へと近づき、カードキーをかざして解錠する。

二人で同時に足を踏み入れた、その先には——。

「わあ、すごく綺麗……！」

ベッドもシャワーもない、二人で並んで座れるソファとミニテーブルがあるだけの部屋。

だけどその先には、全面ガラス張りの大きなウィンドウが目に飛び込む。

そこから見える景色は、この街全てを大小様々な光が彩る。眩い夜景だった。

「このホテルは系列に、『ルーム』を運営する会社があってさ。ここもＪＭＲＡの認証を受けて、展望ラウンジだったフロアをルームに改装したんだ」

最上階はバーラウンジとなっているが、その下のフロアは展望スペースとして持て余したらしい。そこで、今の流行に乗ってカップル向けの『ルーム』を設営。

利用料金はやや高いが、一泊するよりも遥かに安く、何よりバーラウンジを利用出来ない十代にも好評を博しているらしい。

「こんな場所、知らなかった！　本当に嬉しい！」

煌めく夜の街を背に、振り返った光莉は照れた様子で微笑んでくれた。

「光莉、夜景を見たがっていただろう？　だからここを知った時、今日のデートで絶対に連れて行こうと思っていたのさ」

「覚えていてくれたの？　メモにも残さなかった、私の言葉を？」

「忘れるわけがないだろう？　別れる前に、二人であんなに楽しく話し合ったからな」

あの頃はこの『ルーム』の知識も疎かったし、漠然と立てた計画だった。

だけど夜景が見える場所で、二人でする予定だったことだけは決めていて――。

「……てへへー？」

光莉は自分の唇を何度か指で触って、困ったように笑いかけてくる。

「あの、光莉さん？　そんな露骨なアピールをされると、正直困るが？」

「ち、違うの！　準備万端的な意味じゃなくてね!?　ただ……あの日を思い出して。だけどやっぱり私たちは、もうあの日のままじゃなくて……複雑な気持ち、かな」

そう言って、光莉はソファに座って俺を手招きしてくれた。

「だから私たちの今と将来を、お話しませんか？」

隣に座って、光莉の横顔を見つめる。両手を胸の前で合わせて、まるで祈りを捧げているかのようだった。夜景になんか負けない、美しいその横顔を見て、決意する――。

あの日のリタイアした俺たちの関係を、今だけはリトライしよう。

「光莉。俺は別れてからも、光莉のことを想っていた。どんな時も、ずっと目で追っていたよ」

だけど避けていた。好き避けをして、二度と距離が埋まらないように。

光莉は俺と関わらなければ、幸せになれる。誰にも邪魔されない。

だからそれでいいじゃないかと、必死に言い聞かせていたけど。

「未練は捨てられなかった。光莉がどこの高校に行くか調べて、志望校を合わせた。家族の引っ越しにも反対をした。この街に居れば……また光莉と、何かが始まる気がして」

そして何かが始まって、気付いたことがある。

澄華ちゃんと彩葉姉ちゃん、深月から教えてもらった。

初恋も、失恋も。そのどちらを、選ぶべきなのか。

「俺は、光莉が好きだ。だから聞いて欲しい。俺は光莉と――！」

その先にある言葉を告げようとした、その時だった。

「ま、待って！　白土君、それ以上はだめぇ！」

光莉が俺の口を両手で塞いでくる。驚くほどの熱に思わず怯み、俺はそれ以上言葉を紡ぐことは出来ずにいた。

「その先にある言葉は、私が言いたい、です」

途切れながらも繰り出された声に、小さく頷き返し、光莉の小さな手を口から退けた。

「俺だって言いたいよ。先を越されるのは嫌だ」

「私だって嫌だよぉ！　こういう時はジャンケン……っていう雰囲気でもないし、どうすればいいかなあ？」

「だったら、一緒に言おう。俺と光莉は、お互いにどうしたいかを」

「うん、分かった！」

俺たちはほんの少しだけ間を置いて。ほんの少しだけ見つめ合う、ほんのひと時だけ、あの頃に戻って。互いのタイミングを合わせる。

「俺は、光莉と」

「私は、白土君と」

声が重なる。想いをぶつけ合う。互いの感情を混ぜ合わせて。

そして、答えを出そう。

「付き合えない」

その言葉は、どちらが先に出したものでもなく。

俺たち二人が、揃って上げたもの。共通の答えだった。

沈黙。互いの言葉に驚き、しかし張りつめた空気は悲痛な泣き声や、縋るような言い訳によって保たれることはなく。

「……そっか、白土君も『私たち』と同じだったんだね」

「ああ、きっと……『俺たち』の考えることは一緒だと思う」

理由の先にある理想は、同じで。だけどそれまでにある過程は、語り合う必要がある。

「二人が俺に、答えをくれた」

先を譲ってくれた光莉に、俺は滔々と答えに至るまでの道筋を語った。

「再開も、再生も……どっちも、正解じゃないことを。歪な関係のまま、二つあるうちのどちらとやり直しをすることが、たった一つの結末じゃない」

誤解と。すれ違いをしてしまったこと。

弱さと。傷つけたくないから逃げてしまったこと。

だけど二人は変わった。恋心を失ってから、もう一度立ち直るために。

新しい繋がりを、作ろうと。

「この先にある、俺が描く理想。辿り着きたい結末は……光莉とお揃いだと思う」

答えを聞いた光莉は、その顔にどんな色も滲ませることはなかったけど。

「うん。だから『過去』の私たちの結末は、私に語らせて欲しい」

力強い光莉の言葉に、俺は頷く。

「実はね、私と彩葉ちゃんは二人の〈計画〉についてある約束をしたの。咲野さんの接客に失敗して、落ち込む白土君に会いに行く前に」

今度は私の番だと、自らの過程を話し始めてくれた。

「約束をする前は二人でアピール合戦をして、白土君に選んでもらって、互いに恋敵みたいな関係であろうとした。けど」

初恋と失恋。二つの計画。想い人を巡る駆け引きを、光莉と彩葉姉ちゃんは。

「私たちの〈計画〉が、今の白土君を悩ませている。二つの答えのうち、どちらかを選ばせようとしている。それは違うって、気付いたから」

光莉は自分の胸に手を置いて、思い出すようにゆっくりと続けた。

「白土君は苦しんだ末に〈初恋〉を諦めて、私との恋愛を〈失恋〉に変えた。きっと別の道やちゃんと話し合うことも出来たのに、私たちが未熟だったから」

白土君を傷付けてしまった。吐き出した言葉に、光莉の顔に陰りが浮かぶ。

「だから約束したの。今度は私たちが白土君を……大好きなあなたを幸せにするって！」

初恋も、失恋も、全部終わらせて。

再開も、再生も、全部諦めて。

三人が全員、未練にまみれて汚れた溺愛も偏愛も、綺麗に捨て去ってから。

「私たちは今度こそ、『三人』で恋愛をしよう！」

〈初恋〉を思い出しながら、〈失恋〉を無かったことにして彩葉姉ちゃんと付き合う。

〈失恋〉を忘れて、〈初恋〉を引きずりながら光莉ともう一度やり直す。

そんな歪な、過去の延長戦みたいな三度目の恋を、俺に求めることをやめることを。

俺の大好きな二人は、選んだのだ。

「俺も、新しい関係を始めることを決めていたよ」

次は俺の番だ。俺が光莉に、道筋を語ろう。

「スミカに光莉が来た時は、光莉との失恋を再生したかった。だけど彩葉姉ちゃんが来て、初恋の再開がチラついて……どうすればいいか、分からなくなってさ」

どちらを選ぶべきか。選択をして、どちらかを犠牲にすべきか。

「だけど、それは違うと思った。光莉(ひかり)とも彩葉(さやは)姉ちゃんとも、それぞれ理由があって。普通の恋人たちのように、ちゃんと関係を終わらせられなかったから」

宙ぶらりんで終わったやりとりと、思い出を。

心のどこかに残したままで、どちらかと付き合ってしまえば——。

「不誠実で、不純で、誰も救われない不安な三回目の恋になる」

ふとした瞬間に「選ばなかった人」が心に浮かんでくる恋愛。

「俺たちが幸せになるには、二人が俺のために変わってくれたように、俺も二人のために変わって、ちゃんと『やり直し』をしないとダメだって気付いたから。だから——！」

「私たちなら、それが出来るよ。白土(しろと)君と私と、そして彩葉ちゃんとなら」

光莉はこの場に居ない、二人にとって大切な女の子の名前を口にする。

一人で答えを出して、夢見た全てを諦めなくていい。

二人で決断に迷って、どちらかが傷付かなくていい。

三人で回り道をして、寄り道も未練も無い……真っ白な恋愛が出来るから。

「これから私たちは、皆でやり直そう。随分と遠回りしちゃったけど、そんな私たちだからこそ、また新しい恋が出来るはずだから！」

宣言したその顔に曇りは、もう一切無くて。

彼女の背に広がる煌びやかな夜景すらも、その笑顔を引き立たせる照明にしかならない。

別れてから今日まで、ずっと光莉と彩葉姉ちゃんの顔には密かな陰りがあった。

すれ違いから起きた不和。広がっていく距離。友達との恋愛競争。

だけどもう、その後ろめたさは無い。

「久しぶりに、光莉の笑顔を見た気がするよ」

「えぇー？　私はずっと、白土君や彩葉ちゃんと居る時は笑顔全開だよ？　それを言ったら白土君だって、すっごく笑顔！」

光莉は俺の顔を覗き込んで、その大きな目を細める。

その仕草につい、胸が高鳴るけど——。俺は、今日を終わらせよう。

「……これで、俺たち三人の関係はちゃんと終わった、かな」

「うん。私も彩葉ちゃんも、これで明日から真っ白になった白土君と、もう一度。まっさらな状態で恋が始められる！」

「俺も逃げない。今日からまた、二人が惚れていてくれた頃の俺に……いや、それ以上の俺になってみせる。だから光莉、今日は付き合ってくれて、ありがとう」

「私も、ありがとう！　こんな素敵なルームを白土君が見つけてくれて、連れてきてくれると思わなかったから、とっても嬉しい！　あ、そうだ」

光莉は俺の顔を覗き込んで、何やら意地の悪い笑みを浮かべる。

「最後に一つだけ、お願いを聞いてくれる？」

小さく息を吐き、隣に座る光莉は向き直って、俺の背中に両手を回す。

だけどそのまま、身体を密着させずに俺の顔を見上げた。

「私に魔法をかけて欲しい。失恋の呪いを打ち消すための……優しい魔法を」

「……光莉」

俺も光莉の背中に手を回して、優しく引き寄せた。

別れてから初めてする、俺からのハグ。

「あのね、白土君。私はあなたの好きなところが、いっぱいあったよ」


私の名前を優しく呼んでくれる、穏やかな声も。

私の小さな手を包み込んでくれる、温かい手も。

私のわがままだって聞いてくれる、丸い耳も。

私だけを真っすぐ見つめてくれる、綺麗な目も。

好きなところはいっぱいあるのに。嫌いなところなんて、一つもなかった。

私を愛してくれる白土君の全部が――、大好きでした。


「……ありがとう、白土君。これで私の失恋は、もうおしまい」

光莉はゆっくりと俺から離れる。彼女の目元にも、頬にも、涙は一切無くて。

その瞳の奥は希望の光が宿っているかのように、綺麗に輝いていた。

最後の魔法で、ずっと続いた〈失恋〉ようやくは思い出になる。

死ぬまで一生色褪せない、大切な思い出になって……。

もう二度と、俺と光莉の恋を苦しめることはない。

「帰ろうか、光莉。俺たちの街に」

明日からどうなるかは分からないけど、ただ一つ、揺るぎない事実がある。

俺たちは全員が過去の恋に区切りをつけ、次の恋に向かっていくということだ。

「うん！　そういえば、白土君に一つだけ伝えておきたいことがあるの！」

俺から離れた光莉はルームの扉を開けながら、振り返る。

「私も彩葉ちゃんも、明日からは新しい〈計画〉で白土君を惚れさせちゃうからね！」

真っすぐに告げられた言葉を受け止めて、俺は光莉と共にルームを後にする。

歩幅を合わせて、肩を並べて、昔のように他愛のないことを喋りながら歩く。

明日からはまた、三人で別の結末を選ぶ日に向かって、進んでいくだろう。
元初恋と、元恋人。
燻っていた想いや、隠していた言葉と関係は、もう全部溶けてしまったから。
真っ白になった俺たちなら、どんなことも始められる。
仲直りも、喧嘩も、誤解も、すれ違いも、理解も、共有も、告白も、何でも。
そして、この道のずっと先にあるはずの——。
〈新しい恋〉さえも。

エピローグ　最後の計画

あれから一週間が経った。

今まで空白だった期間を考えれば、一週間くらいで何かが起きるわけもなく。

そしてスミカもまた、咲野さんがやってきて以来、訪れる人はまだいなかった。

それでもこの『ルーム』が目指す姿は見えたから。

俺が尽力をして、存続に力を注ぐだけだ。

「さて、澄華ちゃんから許可を取ったわけだし、連絡するか」

朝。登校前に、俺はスミカの管理人室でスマホを操作する。

名刺に書かれた番号をタップして、その人に電話をかけた。短いコール音のあとで、すぐに繋がる。

『んぁー……どちらさま?』

「おはようございます、咲野さん。スミカの白土です」

寝ぼけた声に明瞭な発声で返すと、電話の先から衣擦れの音がする。

インフルエンサー・サキちゃんこと咲野さんが、寝起きの準備をしているのだろう。

『おはよぉ、白土君。こんな朝早くに、どうしたの？』

「咲野さん。SNSでスミカを紹介してくれるって、提案してくれましたよね？」

『そうだね。君が良ければ、この後すぐにでも！　澄華さんから許可は貰えた？』

「はい。許可を貰ったから、改めて伝えます」

一呼吸置いて、咲野さんに告げた。

「紹介の話は、やっぱり無かったことにしてください」

俺の言葉に、咲野さんは沈黙する。気分を害しただろうかと不安になったが、すぐにそれをかき消す笑いが耳に入ってくる。

『あはは、やっぱり。何となく君たちはそう言うと思った。理由を聞かせてくれる？』

「毎日お客さんを限界まで呼び込んで、それで利益を出すことは大事だと思います。だけどそれ以上に、スミカでは一対一でお客さんと真摯に向き合いたい」

かつて、女神とまで称された澄華ちゃんは、接客が大嫌いだった。

それでもその類まれな才能に惹かれて、たくさんの人がこのアパートメントホテルにやってきたけれど。

「俺は才能が無くても、ちゃんとこの『ルーム』にやってきた人に、道を示したい。相談ごとがないなら、楽しんでもらいたい。そんな素敵な場所に、したいからです」

俺たち『三人』の経験も、この決断に大きく関与している。

抱えている悩みや不和、すれ違いや誤解は、誰かの協力で解決することもある。

咲野（さきの）さんにそれが出来たように、他のお客様にも、そうしてあげたい。

『なるほど。君が私にしてくれたみたいに、だね？』

大人に考えを見透かされ、何となく恥ずかしくなってしまうけど。

「はい。繋（つな）がった人との縁を大事にしたいと思います」

『おっけー、分かった。だけど、SNS越しに居る誰かじゃなくて……自分の大切な友人たちにスミカを広めてもいいかな？　素敵な場所だって、自慢したいの』

「……はい！　ぜひ、お願いします！」

『任せて！　あ、そうだ。ねえ、白土（しろと）君。君はあの後、どんな選択をしたの？』

咲野さんの言葉が示すものが何か、分かっていた。

俺はこの人にも、背中を押されたのだから。伝えないといけないな。

「誰かを選んで誰かを切り捨てるのではなく、全員で同じ答えを出しました。ずっと大好きな彼と一緒に過ごした咲野さんには、優柔不断に聞こえるかもしれないですけど」

『そっか。でも、そんなことないよ。愛の形は人それぞれ。すごく真っすぐでも、怖いくらいに歪（ゆが）んでいても、根っこは同じ。好きっていう気持ちに優劣はないの』

それ以上余計な言葉を交わさず、咲野さんは「それじゃあ」と、電話の終わりを示す。

『また遊びに行くね。その時、あなたたちがどんな風になっているか、楽しみだよ。これからもスミカを良い場所にしていってほしいな！』

「もちろん！　いつだって遊びに来てください。待っていますから！」

電話を終えて時計を見ると、まだ登校時刻まで余裕がある。

ソファに座って甘いミルクティーを啜（すす）っていると、脱衣所から澄華（すみか）ちゃんが出てくる。

「話は終わったのか？」

いつも通り、オールブラックのパンツスーツに身を包んだ澄華ちゃんは大人びていて、制服姿の自分が何だか余計に幼く感じる。

「うん。色々悩んだけど、紹介は断った」

「ならばこれから先は、茨（いばら）の道だな。全て自分の力で切り拓（ひら）いて、ここを存続させるのは大変だぞ？　来年には取り壊しが始まっているかもしれない」

「そうなったら、それは努力の結果だから仕方ない。だけどそうならないように、出来る限りのことはしてみるつもりだよ」

ミルクティーを飲み干して、俺はそろそろ学校に向かおうと立ち上がる。

そのまま澄華ちゃんの横を通り過ぎようとすると。

「随分、大きくなったな」

そんな言葉を向けられて、俺は足を止める。

「再会したあの日より、少しは大きくなれたかな？」

「そうだな。それにこれからも、どんどん大きくなるかもしれない。弟みたいだった白土が立派になっていく姿が嬉しいよ」

澄華ちゃんは手を伸ばして、俺の頭を撫でてくれる。

「いってらっしゃい、白土」

「いってきます、澄華ちゃん」

光莉と彩葉姉ちゃんが、自分のために変わってくれて。自分のために選んでくれたから。

だから俺は己を変えていく。スミカが新しくなっていくように。

その過程を二人に見守っていて欲しい。

そしていつか、俺を含めて『三人』が変化を望んだら――。

また新しい形の関係が、生まれていくはずだから
「俺も好きな人たちと本気で向き合うために、変わるんだ」

俺は学校近くの小さな公園で、深月にこれからのことを語り終えた。

少し意地の悪い幼馴染だけど、深月にも世話になったから、その報告を兼ねて今日は久しぶりに二人で登校したのだ。

「面倒な恋愛をしているね、白土は。君たちは究極の迂回系ラブコメをしたわけだけど、どうだった？」

「大変だったけど、迂回を続けたら、いずれ正しい道に出るだろう？　それで充分だよ。曲がりくねった道から抜け出せたからさ」

「ねえ、白土。面白い話をしてもいい？」

俺の顔を覗き込む深月は、相変わらず悪い顔をしていて。

多分ろくでもない冗談を言うのだろうと、すぐに分かった。

「何だ？　笑える話で頼むぞ」

「光莉ちゃんと彩葉先輩は、それぞれどうやってお互いの好きな人が、白土だっていうことに気付いたと思う？　鈍感な二人が、気付けた理由は何故だろう？」

何だろう。今日の深月は、いつもと違う。

声色も、顔色も。全てが別人のように思えて、鳥肌が立った。

「そもそも光莉ちゃんは中学時代、誰に嫌がらせを受けていたのかな？　彩葉先輩は夕暮れの教室で、誰と話をしていたのかな？　咲野さんにメッセージを送った人は誰？」

それは、そのどれもが離れている点と点だと思っていた。

だけど、その点を繋ぐ線になり得る人物がただ一人だけ居る。

「スミカに押し掛けて君の背中を押したのは何でだと思う？　気付いていたからだよ。君が二人に対して、関係を『やり直そう』としていることを」

「深月、お前……何を」

「あわよくば全員が〈計画〉倒れで終わってくれたらいいなって、思っていたけど。まあ、いいや。白土は誰とも付き合わなかったわけだからね。てへへ」

何で、照れる？

何で、笑っていられる？

今までの出来事の全てに、深月が関わっているのは何故だ？

「ど、どうしてそんなことを……していた？」

カラカラに乾いた喉から、掠れた声を出すのが精いっぱいだった。

俺たち『三人』の関係を変えたのは、目の前の『四人目』なのか？

「僕が君の事を出会った時から大好きで、僕も君との関係を『変えたい』からだよ」

そう言って深月は俺の両頬に手を添え、瞬間的にその顔を近付けて――。

互いの吐息が混じって離れるまで、何が起きたのかを理解出来なかった。

幼馴染。恋愛感情を一度も抱いたことのない相手にされた、最上級の愛情表現。

俺はただ呆気に取られていて、深月に何も言えないままで。

「居心地のいい幼馴染であり続けて、変わることを恐れた臆病者、だっけ？　彩葉先輩？」

深月が顔を向けた先には、いつの間にか二人の女子が立っていた。

二人が一緒なのは、偶然じゃなさそうだ。まさか深月が呼び出したのか？

「し、白ちゃん……それに深月？　こ、これってどういうことなの？」

「ね、ねえ二人とも！　い、今のは私の見間違いだよね!?」

初恋の人である、彩葉姉ちゃんと。元恋人である、光莉。

二人を前にした深月は、その柔らかな唇に指を添えながら宣言する。

「君たちには白土との恋愛も、キスも、それ以上のことも、全部させたくない。ここから始まる僕の〈計画〉には、失恋も初恋も邪魔だからね。何より僕は……僕だけが」


世界中の誰よりも白土のことを愛していて、幸せにしてあげられるから。

「愛しているよ、白土。生まれた時からずっと、君が大好きだ」

マイナスをゼロに戻し。
二つの恋愛を、二人の女の子と一緒に『三人』でやり直しを選んだ果てに。
俺たちの前に『四人目』である幼馴染が加わって——。
誰も知らない深月の〈計画〉が、突如として立ちふさがるのだった。

MF文庫J

失恋計画と初恋計画
キミとの恋は、もう失敗しないから

2022 年 6 月 25 日　初版発行

著者　月見秋水

発行者　青柳昌行

発行　株式会社 KADOKAWA
〒 102-8177 東京都千代田区富士見 2-13-3
0570-002-301（ナビダイヤル）

印刷　株式会社広済堂ネクスト

製本　株式会社広済堂ネクスト

Printed in Japan　ISBN 978-4-04-681475-3 C0193

●お問い合わせ
https://www.kadokawa.co.jp/（「お問い合わせ」へお進みください）
※内容によっては、お答えできない場合があります。
※サポートは日本国内のみとさせていただきます。
※Japanese text only

◇◇◇

【 ファンレター、作品のご感想をお待ちしています 】
〒102-0071 東京都千代田区富士見2-13-12
株式会社KADOKAWA　MF文庫J編集部気付「月見秋水先生」係「はる雪先生」係